外国文学名著丛书

〔德〕海涅／著

德国，一个冬天的童话

冯至／译

"外国文学名著丛书"编委会

人民文学出版社

Heinrich Heine
DEUTSCHLAND, EIN WINTERMÄRCHEN

图书在版编目(CIP)数据

德国,一个冬天的童话/(德)海涅著;冯至译.—北京:人民文学出版社,2020
(2023.3 重印)
(外国文学名著丛书)
ISBN 978-7-02-015838-6

I. ①德⋯ Ⅱ. ①海⋯②冯⋯ Ⅲ. ①诗集—德国—近代 Ⅳ. ①I516.24

中国版本图书馆 CIP 数据核字(2019)第 242401 号

责任编辑　欧阳韬
装帧设计　刘　静
责任印制　王重艺

出版发行　人民文学出版社
社　　址　北京市朝内大街 166 号
邮政编码　100705

印　　刷　北京盛通印刷股份有限公司
经　　销　全国新华书店等

字　　数　107 千字
开　　本　850 毫米×1168 毫米　1/32
印　　张　5.5　插页 3
印　　数　10001—13000
版　　次　2015 年 4 月北京第 1 版
印　　次　2023 年 3 月第 4 次印刷

书　　号　978-7-02-015838-6
定　　价　32.00 元

如有印装质量问题,请与本社图书销售中心调换。电话:010-65233595

海涅

出 版 说 明

人民文学出版社自一九五一年成立起,就承担起向中国读者介绍优秀外国文学作品的重任。一九五八年,中宣部指示中国科学院文学研究所筹组编委会,组织朱光潜、冯至、戈宝权、叶水夫等三十余位外国文学权威专家,编选三套丛书——"马克思主义文艺理论丛书""外国古典文艺理论丛书""外国古典文学名著丛书"。

人民文学出版社与中国科学院文学研究所,根据"一流的原著、一流的译本、一流的译者"的原则进行翻译和出版工作。一九六四年,中国社会科学院外国文学研究所成立,是中国外国文学的最高研究机构。一九七八年,"外国古典文学名著丛书"更名为"外国文学名著丛书",至二〇〇〇年完成。这是新中国第一套系统介绍外国文学作品的大型丛书,是外国文学名著翻译的奠基性工程,其作品之多、质量之精、跨度之大,至今仍是中国外国文学出版史上之最,体现了中国外国文学研究界、翻译界和出版界的最高水平。

历经半个多世纪,"外国文学名著丛书"在中国读者中依然以系统性、权威性与普及性著称,但由于时代久远,许多图书在市场上已难见踪影,甚至成为收藏对象,稀缺品种更是一书难求。在中国读者阅读力持续增强的二十一世纪,在世界文明交流互鉴空前频繁的新时代,为满足人民日益增长的美好生活的需要，人民文学出版社决定再度与中国社会科学院外国文学研究所合作，以"网罗经典，格高意远，本色传承"为出发点，优中选优，推陈出新，出版新版"外国文学名著丛书"。

值此新版"外国文学名著丛书"面世之际，人民文学出版社与中国社会科学院外国文学研究所谨向为本丛书做出卓越贡献的翻译家们和热爱外国文学名著的广大读者致以崇高敬意！

"外国文学名著丛书"编委会
二〇一九年三月

编委会名单
（以姓氏笔画为序）

1958—1966

卞之琳	戈宝权	叶水夫	包文棣	冯 至	田德望
朱光潜	孙家晋	孙绳武	陈占元	杨季康	杨周翰
杨宪益	李健吾	罗大冈	金克木	郑效洵	季羡林
闻家驷	钱学熙	钱锺书	楼适夷	蒯斯曛	蔡 仪

1978—2001

卞之琳	巴 金	戈宝权	叶水夫	包文棣	卢永福
冯 至	田德望	叶麟鎏	朱光潜	朱 虹	孙家晋
孙绳武	陈占元	张 羽	陈冰夷	杨季康	杨周翰
杨宪益	李健吾	陈 燊	罗大冈	金克木	郑效洵
季羡林	姚 见	骆兆添	闻家驷	赵家璧	秦顺新
钱锺书	绿 原	蒋 路	董衡巽	楼适夷	蒯斯曛
蔡 仪					

2019—

王焕生	刘文飞	任吉生	刘 建	许金龙	李永平
陈众议	肖丽媛	吴岳添	陆建德	赵白生	高 兴
秦顺新	聂震宁	臧永清			

目 次

译本序 …………………………………………… *1*

序言 ……………………………………………… *1*
德国,一个冬天的童话 …………………………… *1*

附录一
给卡尔·马克思的一封信 ………………………… *132*

附录二
为法文译本草拟的序言 …………………………… *136*

译 本 序

译者在一九七三年翻译海涅的长诗《德国,一个冬天的童话》时,在每章的后边都作了必要的说明和注释,如今校阅译稿,认为还有几点需要作些说明。这几点是:一、这篇长诗为什么标题为《德国,一个冬天的童话》;二、海涅讽刺什么,歌颂什么;三、马克思与海涅在巴黎的交往和这篇长诗的关系;四、关于翻译方面的几句话。

一 为什么标题为
《德国,一个冬天的童话》?

海涅从一八三一年五月离开德国流亡到巴黎,直到一八五六年二月在巴黎逝世,在将及二十五年的岁月里,他只在一八四三年十月至十二月、一八四四年七月至十月回德国两次。两次回国的目的地都是汉堡。他第一次回国是为了探视他的母亲,并与汉堡出版商康培协商解决关于出版他的著作的一些问题,但最大的收获是《德国,一个冬天的童话》的产生。他第二次去汉堡,主要是亲自安排他的诗集《新诗》和这篇长诗的印刷出版事宜。海涅在十九世纪二十年代德国的文学界是以一部抒情诗《歌集》和四部散文《旅行记》闻名的,《德国,一个冬天的童话》,用海涅自己的话说,则"是一个崭新的品种,诗体的旅行记,它将显示出一种比那些最著名的政治鼓动诗更为高级的政治"。

这部"诗体的旅行记"不同于一般的旅行记,按照旅程的顺序记载路上的见闻和感想。诗里叙述的作者在德国境内经过的城市和地区,并不是海涅去汉堡时经过的地方,而是他从汉堡回巴黎所走的路线。关于时间,长诗的第一行说明是在十一月,实际上海涅在十月二十九日已经到达汉堡了。诗里的地点和时间,都不符合旅行的实际,这并不是主要的问题,主要的问题是作者为什么把这篇长诗标题为《德国,一个冬天的童话》?"德国"是现实的,"童话"是非现实的,现实的德国和非现实的童话是怎样一种关系?

海涅在这篇长诗的《序言》里说,他还要写"另一本书",作为补充。这"另一本书"是用书信体写的,没有完成,只写出第一封信(后来海涅文集的编纂者给这片断标题为《关于德国的通信》),其中有一处记载着海涅在柏林大学读书时跟黑格尔的一段谈话:"当我对于'凡是存在的都是合理的'那句话表示不满时,他奇异地微笑,并解释说,这也可以说成是'凡是合理的都必须存在'。"黑格尔的"凡是现实的都是合理的,凡是合理的都是现实的"这个命题,通过黑格尔对海涅的解释,使人领会到其中隐藏着的革命意义。对此,恩格斯在《路德维希·费尔巴哈与德国古典哲学的终结》里有更为深刻的阐述:"根据黑格尔的意见,现实性决不是某种社会制度或政治制度在一切环境和一切时代所固有的属性。恰恰相反,罗马共和国是现实的,但是把它排斥掉的罗马帝国也是现实的。法国的君主制在一七八九年已经变得如此不现实,即如此丧失了任何必然性,如此不合理,以致必须由大革命(黑格尔谈论这次革命时总是兴高采烈的)来把它消灭掉。所以,在这里,君主制是不现实的,革命是现实的。同样,在发展的进程中,以前的一切现实的东西都会成为不现实的,都会丧失自己的自然性、自己存在的权利、自己的合理性;一种新的、富有生命力的现实的东西就会起来代替正在衰亡的现实的东西,——如果旧的东西足够理智,不加抵抗即行死亡,那就和平地代替;如果旧的东西抵抗这种必然性,那就通过暴力来代替。①"从这种现实与不现实、合理与不合理之间的辩证关系,可以理解海涅为什么把这篇长诗叫做《德国,一个冬天的童话》(以下简称《童话》)。至于海涅在一八四一年写过另一篇长诗《阿塔·特洛尔,一个夏夜的梦》,这里"冬天的童话"与"夏夜的梦"在标题上是互相对应的,但在内容上并没有什么联系。

在十九世纪三十年代末期、四十年代初期,德国的资本主义经济有所发展,可是在政治方面,德意志联邦仍然处在封建分割的落后状态,各邦的王侯大都昏庸无能,而又狂妄自大,广大人民群众在他们专制制度的统治下过着被奴役被压迫的生活。先进的思想被禁止,进步的社会活动家被迫害,自发的工人运动遭受残酷的镇压。资产阶级反对派由于它阶级本身的脆弱在反动的封建势力面前显示出极大的妥协性和不彻底性。一般小市民则安于现状,对统治者奴颜婢膝,而又自鸣得意。法国在一七八九年前已经变得很不现实的东西,在半个世纪后的德国却依然存在。海涅在巴黎居住,已经过了十二

---

① 见《马克思恩格斯全集》,第21卷,306—307页。

年零五个月,在巴黎动荡的社会里,呼吸自由空气,接触到当时欧洲各种变革社会的思潮,扩大了眼界,开阔了心胸,一旦回到处于停滞状态的、沉睡的德国,他深深感到德国社会中腐朽的不合理的现实已经失去了必然性,它早就不应该存在了。可是它不仅不肯自行灭亡,反而用尽一切方法和手段,来扼制任何足以促使它灭亡的革命力量。它越是硬要存在,硬要冒充现实,在海涅看来,它也就越是成为非现实的。对于这些非现实的现实,海涅在这篇长诗中用梦境、幻想、童话和传说等方法把它写得光怪陆离,给人以似真还假、似假还真的印象,预示它的必然灭亡和不应存在。过去有些喜剧作者、擅长讽刺的小说家和诗人,善于用这种手法揭露批判社会中的落后现象和反动势力,海涅的机智和幽默在这方面却达到一个新的水平,海涅自己也说,《童话》是"一篇极其幽默的旅行叙事诗"。

但是,海涅对于"凡是合理的都必须存在"则抱有信心,给以热情的歌颂。在当时的德国,反动势力十分猖獗,进步力量受尽迫害,浑浊的空气使人窒息,但是新生的事物仍然萌芽成长。在哲学领域中开展了起着重大解放作用的反宗教斗争,在文艺界"青年德意志"派的作家和诗人们对反动的封建统治进行抨击,早期的工人运动在工业比较发达的地区已经兴起,在劳动人民和知识分子中间传播着各种不同派别的社会主义思想。这时期,无产阶级革命导师马克思"已从唯心主义转向唯物主义,从革命民主主义转向共产主义"①。这时,科学的社会主义刚刚开始形成,一八四八年的革命高潮虽

---

① 列宁:《卡尔·马克思》,见《列宁全集》,第21卷,59页。

然尚未到来,但海涅已经感到"一种新的、富有生命力的现实的东西就会起来代替正在衰亡的现实的东西"①。他在《童话》开始的第一章里就以严肃的态度歌颂了没有剥削制度的社会理想;在最后一章里满怀信心预告新的一代必将到来,给人以现实之感。因为这是合理的,所以必须存在;纵使今天还不存在,明天必定会存在的。

二 作者讽刺什么,歌颂什么?

海涅在《童话》中用大量的篇幅讽刺德国必然灭亡的旧制度和社会中不合理的现象,用一定的章节歌颂合理的未来,并且在适当的地方表达了他自己的思想和立场。作者讽刺的锋芒主要指向三个方面:第一,普鲁士王国的反动政权;第二,所谓反政府的自由主义派别;第三,资产阶级庸俗的市侩。

自从一八一三年击败拿破仑后,普鲁士与奥地利跟沙皇俄国结成"神圣同盟",它们在欧洲各地镇压革命,摧残进步力量,复辟封建制度,建立所谓欧洲的"新秩序"。普鲁士政府实行专制主义、王室司法、书报检查法令,使国家成为一个警察国家,在德意志联邦大小三十六个邦国中有典型的代表意义。普鲁士国王威廉四世于一八四〇年继承王位后,为了继续维护专制统治,他自作聪明,违背历史潮流,采取了一系列理论上和政治上都十分荒谬的措施。他把教会和国家的最高权力集于一身,把恢复中世纪真正的基督教国家看作是自

---

① 《路德维希·费尔巴哈与德国古典哲学的终结》,见《马克思恩格斯全集》,第21卷,306—307页。

己的使命；他按照中世纪的方式维护封建贵族的特权；他依靠法学界与法国革命和启蒙运动为敌的历史学派，从过去的历史和所谓德国民族精神中寻找法律根据；他父亲威廉三世向人民许下了制定宪法的诺言，始终不肯实现，他更拒绝执行。恩格斯指出，威廉四世"是普鲁士国家制度的原则贯彻到极点时的产物；从他身上可以看出，这个原则在做最后挣扎，但同时也可看出，它在自由的自我意识面前完全无能为力"①。总之，在十九世纪四十年代的形势下，腐朽的、过时的普鲁士国家制度的原则已经到了极不合理的地步，威廉四世既不能接受一种新的自由精神的原则，也不甘心于旧制度的溃灭，他只有想方设法，做最后的挣扎。海涅看透了普鲁士国家制度和威廉四世最后挣扎的反动本质，所以《童话》从开端的几章直到末尾，对于普鲁士政府倡导的伪善的宗教、颁布的书报检查令、豢养的残暴而愚昧的军队和宪兵，都给以极其尖锐的讽刺，而且处处都击中要害。冷静的讽刺有时转化为烈火般的愤恨，作者走入德国国境，看到亚琛驿站悬挂着普鲁士的雄鹰国徽，他要号召莱茵区的射鸟能手，把那只毒鹰射倒在地；作者在最后一章里警告威廉四世，诗人若是像但丁在《神曲·地狱篇》里诅咒一些声势赫赫的人物那样，用"歌唱的烈火"把国王送进地狱，国王将万劫不得翻身。

以普鲁士为代表的德意志联邦各邦的统治形式是不得人心的。恩格斯在《德国状况》中指出："这种统治形式既不能使'贵族''基督教德意志人''浪漫主义者''反动派'满意，

---

① 《普鲁士国王弗里德里希·威廉四世》，见《马克思恩格斯全集》，第1卷，536页。

也不能使'自由主义者'满意。因此,他们就联合起来反对政府,并且组织秘密的学生团体。从这两个派别(因为它们不能够称为党派)的联合中产生了一个不伦不类的自由主义者的派别;这些人在自己的秘密团体里梦想德国有这样一个皇帝,他头戴皇冠,身着紫袍,手执权杖和其他类似的东西,颔下是花白的或棕黄色的长髯,周围是各等级——僧侣、贵族、市民和农民分别议事的等级会议。这是封建的暴虐和现代资产阶级的骗局所合成的最荒谬的混合物,我们想象它多荒谬,它就有多荒谬。①"恩格斯所说的德国自由主义者派别梦想的皇帝,也就是《童话》中的红胡子皇帝。作者用相当多的篇幅,从第十四章后半章到第十七章,通过梦中与红胡子皇帝的对话以及关于皇帝周围死气沉沉的环境的描绘,对于那些自由主义者宣扬的民族主义、浪漫主义、国粹主义等五花八门的杂乱思想,进行了严厉的批判。作者梦中的红胡子皇帝感觉迟钝,行动缓慢,对于将近一百年以来的历史一无所知,作者和他谈话,越谈越不对头,最后作者大声说,"红胡子先生,你是一个古老的神异,你去睡你的吧,没有你我们也将要解放自己",而且"我们根本用不着皇帝"。作者还指明,那些自由主义者是些"冒牌的骑士",他们梦寐以求的无非是"中古的妄想与现代的骗局"的混合物,这跟恩格斯所说的"封建的暴虐和现代资产阶级的骗局所合成的最荒谬的混合物"是一致的。这个混合物的制造者们举着黑、红、金三色的旗帜,声称反对政府,以"革命者"自居,实际上是从另一方面与普鲁士国王种种浪漫主义的狂想遥相呼应,互相配合,他们欺骗人

---

① 《德国状况》,见《马克思恩格斯全集》,第2卷,650页。

民,起着普鲁士的臣仆们所不能起的作用。海涅在十九世纪三十年代、四十年代不断地跟这些"革命者"进行斗争,揭露他们反动的实质。这种斗争不只是在《童话》里,而且在海涅其他的诗文里,也有不少的反映。

《童话》第二十一章以后,描述作者旅行的目的地汉堡。汉堡当时是个自由城,不属于普鲁士统治的范围,资本主义比较发达,但是汉堡的资产阶级并没有显示出它作为上升的阶级所应有的革命性,却是中庸、妥协,与封建势力合流。作者从第二十三章的后半章到第二十六章,创造了汉堡守护女神汉莫尼亚,体现出资产阶级庸俗市侩的气质。如果说红胡子还算是出自民间传说,根源于长期居于统治地位的封建思想,那么,汉莫尼亚就是作者面对汉堡的现实创造出来的一个畸形人物。作者遇到汉莫尼亚,她对作者进行了一段冗长的折衷主义的说教。她说,德国的过去并不像作者所说的那样坏,她对封建社会体贴入微,多方为它辩解;她还说,现在更有了进步,儿孙们将要吃得饱,喝得够,但又不胜惋惜,人们再也享受不到沉思的寂静和牧歌的幽情。她说,在一把交椅的坐垫下有一口魔术锅,从锅里可以看见德国的将来。作者把坐垫掀开,里面涌出一股令人呕吐的臭气,好像有人从三十六个粪坑里扫除粪便。这三十六个粪坑是德意志联邦的三十六个封建邦国。据汉莫尼亚看来,资产阶级和封建贵族互相协作,在德国的将来,这三十六个"粪坑"将长期存在。但是作者一嗅到这股臭气,立即想到法国革命家圣·鞠斯特的一句名言:"不能用玫瑰油和麝香治疗人的重病沉疴。"换句话说,必须用暴力、用革命手段才能治疗政治上的重病沉疴,换来美好的将来。

革命后的将来,跟在汉莫尼亚那里看到的将来是完全两样的。海涅一想到真正美好的将来,也就是"凡是合理的都必须存在"的东西,便放声唱出爽朗的颂歌。歌颂的诗句,从比例上看,不到全诗的十分之一,但是由于作者对社会的改革怀有信心,对人类的前途抱有希望,歌声显得格外有力,在光怪陆离、阴沉暗淡的社会中投以光明,起着醒人耳目、振奋人心的作用。作者在第一章里以响亮的歌声唱出"一首新的歌、更好的歌",宣告将要在大地上建立天上的王国,人们生活幸福,不再挨饿,"绝不让懒肚皮消耗双手勤劳的成果"。以后,作者在旅行经过的地方,面对丑恶的现实,心目中总不放弃对于将来的希望和信心。例如,民族主义诗人贝克尔的《莱茵歌》广泛流传,使"莱茵老人"感到羞愧无地自容时,作者安慰他说,不要去想那些恶劣的诗篇,他不久会听到更好的歌;又如在被称为精神的巴士底狱的科隆教堂里,作者预言,未来的快乐的骑兵将要在这里居住。在最后一章,作者确信"伪善的老一代在消逝","新的一代在成长",老一代害着说谎病死去,新的一代没有矫饰和罪孽。

作者为美好的将来歌唱,同时对于过去历史上或传说中为人类的幸福战斗而身受苦难的人物,如钉在十字架上的耶稣、农民战争时期被残酷杀害的再洗礼派的领袖,以及给人间盗取天火的普罗米修斯等,作者也都寄予深切的同情和衷心的钦佩。

恩格斯说:"德国人是一个从事理论的民族,但是缺少实践……"[①]18世纪以来,别国人常嘲讽德国人说,法国人主宰

---

① 《德国状况》,见《马克思恩格斯全集》,第2卷,649页。

陆地，英国人占领海洋，德国人统治着空中的王国。但是德国的思想界却满足于思想里、梦里的自由，不觉得这是德国人的缺陷。海涅与此相反，认为长此下去，德国将永无出路，落后的状态将难以克服。因此，他在他的著作中常常谈到哲学与革命、思想与行动的关系，二者应该相辅而行，因果相应。在《童话》的第六七两章，海涅创造了一个"黑衣乔装的伴侣"，作为思想见诸行动的象征，这个"伴侣"向作者说，"我把你所想的变为实际，你想，可是我却要实行"。这是海涅思想中的一个重要内容，在其他章节里也有反映。

但是海涅的思想是复杂的，有时是矛盾的。长诗洋溢着批判的、战斗的精神，间或也流露出悲观的、感伤的情绪。作者望着初升的太阳，看到地球这一边亮了，那一边又转为黑暗，因而觉得太阳照亮地球是徒劳的；又如作者回到汉堡后的所闻所见，以及向汉莫尼亚倾吐的乡愁，里边掺杂着难以排除的感伤情调。这种情绪，不只是在《童话》里，就是在海涅全部著作里，也一再出现。

作者对于美好的将来虽然具有信心，但是在科学的社会主义刚刚开始形成的时期，《童话》里所要唱的"新的歌、更好的歌"仍然是抽象的，属于空想社会主义范畴的，而且在最后一章宣示"新的一代正在成长"时，无视于无产阶级的历史使命，过分夸大了诗人的作用。海涅在写《童话》的同一年，也创作了著名的《西利西亚的纺织工人》，《童话》与之相比，在对无产阶级的历史使命和工人运动的意义的认识上，是逊色的。

海涅是一个杰出的讽刺家，他的讽刺的锋芒所向披靡，能击中敌人的要害，揭露伪善者的本来面目，纠正战友的错误，但是也不能不看到,海涅的讽刺在个别章节过于卖弄机智,流于油滑,例如第九章在哈根的午饭,第二十章与母亲的对话,第二十二章叙述汉堡的变化,这都没有什么深刻的含义,好像只是游戏文章。鲁迅说,"油滑是创作的大敌",作为杰出的讽刺家的海涅,这方面的缺点也是难免的。

三 马克思和海涅的交往与《童话》的关系

一八四三年十月底,马克思到了巴黎。这时海涅正在汉堡,他在十二月十六日回到巴黎后,便在十二月下旬与马克思结识。二十五岁的马克思和四十六岁的海涅很快建立了友谊。海涅几乎天天和马克思夫妇会面,向他们诵读他的诗,听取他们的批评和意见。梅林在《德国社会民主党史》第一部里提到了海涅和马克思以及恩格斯的关系:"海涅在这一时期所写的诗就已经表明,马克思对他的影响多么巨大。他们两人时常不倦地推敲一首不多几行的小诗中的每一词句,直到满意为止。但是海涅对马克思和恩格斯也有深刻的影响;他们在四十年代后半期所写的论文中常常引用海涅的诗。"① 马克思和卢格主编的《德法年鉴》双刊号于一八四四年二月在巴黎出版,海涅在该刊发表了讽刺诗《国王路德维希赞歌》;后来马克思和海涅都为巴黎出版的德语刊物《前进报》撰稿。一八四五年初,法国政府接受普鲁士的要求,驱逐马克思离开法国,马克思在临行前写信给海涅说:"在我要离别的人们中间,同海涅离别对我来说是最难受的。我很想把您一

---

① 梅林:《德国社会民主党史》,第 1 部,293—294 页。

起带走。"①

马克思在《德法年鉴》上发表的文章中,《黑格尔法哲学批判导言》(以下简称《导言》)是马克思早期最重要的著作之一,它标志着马克思从革命民主主义最终地转到唯物主义和共产主义,第一次指出无产阶级是实现社会主义革命的社会力量。这篇文章发表时,正是海涅写作《童话》将近完成的时期。把《导言》和《童话》对照着读,在描述德国的落后状况、批判德国的旧制度和宗教,以及一些个别问题上,《导言》和《童话》有不少共同之处。(本世纪的二十年代,在德国就有海涅的研究者指出这一点。)关于德国不合理的状况,《导言》里说:"现代德国制度是一个时代上的错误,它骇人听闻地违反了公理,它向全世界表明 ancien régime(旧制度)毫不中用;它只是想象自己具有自信,并且要求世界也这样想象。如果它真的相信自己的本质,难道它还会用另外一个本质的假象来把自己的本质掩盖起来,并求助于伪善和诡辩吗?现代的 ancien régime 不过是真正的主角已经死去的那种世界制度的丑角。"②在谈到德国各邦政府时说:"这些政府不得不把现代国家世界——它的长处我们没有加以利用——的文明的缺陷和 ancien régime 的野蛮的缺陷——这些缺陷我们却大加欣赏——结合了起来。"③这种特殊的"结合"致使普鲁士国王威廉四世"想扮演国王的一切角色——封建的和官僚的,专制的和立宪的,独裁的和民主的……"④各邦的臣民甚至"还

---

① 《马克思致亨利希·海涅》,见《马克思恩格斯全集》,第27卷,457页。
② 《黑格尔法哲学批判导言》,见《马克思恩格斯全集》,第1卷,456页。
③ 同上,462—463页。
④ 《黑格尔法哲学批判导言》,见《马克思恩格斯全集》,第1卷,463页。

要承认自己被支配、被统治、被占有的事实,而且要把这说成是上天的恩典!"①关于旧制度统治下的德国,《导言》里所做的深刻的分析,海涅在《童话》里都活灵活现地描绘出来了。

针对德国这种落后的、不合理的状况,批判是非常必要的。《导言》号召:"应该向德国制度开火!一定要开火!这种制度虽然低于历史水平,低于任何批判,但依然是批判的对象,正像一个罪犯低于人性的水平,依然是刽子手的对象一样。"②批判的目的是"应当让受现实压迫的人意识到压迫,从而使现实的压迫更加沉重;应当宣扬耻辱,使耻辱更加耻辱。应当把德国社会的每个领域作为德国社会的 partie honteuse(污点)加以描述,应当给这些僵化了的制度唱起它们自己的调子,要它们跳起舞来!为了激起人民的勇气,必须使他们对自己大吃一惊。"③海涅用锋利的讽刺所做的批判正是按照这种方式、为了这样的目的进行的。尤其是《童话》中一再出现的对宗教的尖锐的批判,更是符合《导言》中提出的要求:"废除作为人民幻想的幸福的宗教,也就是要求实现人民的现实的幸福。要求抛弃关于自己处境的幻想,也就是要求抛弃那需要幻想的处境。因此对宗教的批判就是对苦难世界——宗教是它的灵光圈——的批判的胚胎。"④

此外,有些个别现象和问题,《童话》里所攻击和讽刺的,《导言》里也给以批判,如普鲁士政府御用的法的历史学派、在条顿森林中寻找自由的国粹主义者等等。这些,译者在有

---

① 《黑格尔法哲学批判导言》,见《马克思恩格斯全集》,第1卷,455页。
② 同上,455—456页。
③ 同上,455页。
④ 同上,453页。

关章节的"说明与注释"里都引证过《导言》中的话，这里不再重复了。

这种互相吻合，不是偶然的，这说明马克思和海涅在巴黎不及一年的交往时期内，二人所关心的问题有许多是共同的。如果说《导言》是一篇热情充沛的向旧制度开火的檄文，那么，《童话》就是一件所向无敌的极其锐利的武器。二者中间，有那么多的共同点，但是在怎样才能真正摧毁不合理的旧制度这个最重要的问题上，却存在着很大的不同。《导言》最后指出，先进理论是群众斗争的精神武器，群众是改造社会的物质力量，解放德国与解放全人类的任务必然落在无产阶级身上。对于这最重要的一点，《童话》的作者却没有看清，思想是模糊的，如前边已经提到的《童话》的最后一章，颂扬"歌唱的烈火"，过分夸大了诗人的作用。再者，《导言》是科学社会主义经典著作中最早的一篇，《童话》则属于海涅诗歌创作中最高的成就，此后在思想上政治上超过《童话》的作品并不多。

虽然如此，马克思仍然给《童话》以很高的评价。一八四四年九月二十一日，海涅从汉堡写信给马克思，附寄《童话》的印张清样，希望在巴黎的《前进报》上发表，并请马克思为此写一篇引言（这封信已译出，作为《童话》附录之一）。马克思收到海涅的信后，于 10 月 7 日写信给汉堡的出版商康培："如果海涅还在汉堡，就请您对他寄来的诗转致谢意。到目前为止，我还没有发表关于这些诗的报道，因为我想同时报道第一部分——叙事诗……"①一八四四年十月十九日第八十

---

① 《马克思致尤利乌斯·康培》，见《马克思恩格斯全集》，第 27 卷，453 页。

四期的《前进报》上有一篇标题为《亨·海涅的新诗》的"编辑部引言",没有署名。但是,诗是由马克思交给《前进报》发表,是无可置疑的,引言在一定程度上也表达了马克思对于《童话》的看法。引言是这样写的:"最近海涅把他近来写的许多新诗寄给我们《前进报》。我们欢迎这些诗,不仅把这看作是一个宝贵的支持,而且也看作是海涅长期冬眠之后重新觉醒的行动和一部新作品的先声。在这部新作品里,我们会看到我们曾经那样喜爱的诗人如今又充满青春的活力,比过去更加赢得我们的爱戴。我们的期望没有落空——在《德国,一个冬天的童话》的标题下,海涅在霍夫曼-康培出版社出版了一本诗集,无可争辩地我们把这本诗集看作是最优秀作品中的一部,诗人的精神机智横生,感情充沛,从而产生了这些诗篇。新思想的力量把海涅从他那忧郁的睡眠中唤醒了,他全身甲胄登上了舞台,高高地挥动着新的旗帜,作为一个'精干的鼓手'擂动战鼓,呐喊前进。我们将刊载其中的一些章节,今天先发表这篇独具特色的《序言》。"紧接着在十月下旬与十一月内许多期的《前进报》里,《童话》陆续发表了。

马克思离开巴黎后,还很关心《童话》,他在布鲁塞尔发现有人在巴黎翻印《童话》,伪称出版地点是纽约,印刷错误很多,他在三月二十四日写信通知了海涅。马克思恩格斯经常引用海涅的诗句,作为斗争的武器,《新莱茵报》从一八四六年六月一日创刊到一八四九年五月十九日被勒令停刊,马克思恩格斯在这报纸上写的政论文章,引用《童话》中的诗句就有七八处之多。

海涅晚年,由于长期卧病,脱离实际斗争,经常流露出与《童话》中的基本精神相反的消极情绪。他在《童话》里那样坚决地对宗教进行批判,可是他在一八五一年十一月十三日用法语口授的遗嘱里有这样的话:"四年以来,我断绝了一切哲学的傲慢,回到宗教的思想和情感里来了,我将信仰唯一的上帝、唯一的创世主而死去,我为我不死的灵魂祈求上帝的怜悯。"他在《童话》里那样热情地歌颂将来的没有剥削的社会,可是他在一八五五年三月三十日为《路苔齐亚》法文版写的《序言》里说:"我承认未来时代是属于共产主义的,我是用一种忧虑的和非常恐怖的语调来说这句话的。"海涅深信共产主义必将到来,这是历史发展的规律,但他又不能克服对于共产主义社会的疑惧。马克思和恩格斯在他们的通信里常谈到海涅的情况,他们对于海涅长年卧病以及他不幸的身世表示同情。海涅逝世后,他们听到海涅的一些动摇和倒退的言行,马克思深为惋惜,恩格斯曾给以严厉的批评。

四　关于翻译方面的几句话

海涅在《序言》的结尾处说:"《冬天的童话》是目前由霍夫曼-康培出版社出版的《新诗》的末卷。为了能印成单行本,我的出版者必须把这篇诗送交主管的官厅请它特别照顾,新的改动和删削都是这个更高级的批判的结果。"这是由于当时的书报检查法规定,凡是用纸超过二十印张的书,可以不予检查(但并不排除出版后立即遭到禁止和没收)。为了避免检查,《童话》被收入诗集《新诗》里于一八四四年九月底出版。同时海涅又与出版商康培商妥,《童话》另出单行本,所以必须接受书报检查官员的"更高级的批判"。译诗把改动的和删削的都译出来了,并在"说明"中做了注明。《童话》里涉及大量当时德国的人和事,对于中国的读者是生疏的;有些艰涩的韵脚、戏谑的语言,也不是用另一种文字容易表达的;所以原诗中一些精锐有力的诗句,在译诗中失去了它们的光彩,无论是对于原作者或是读者,译者都感到歉疚。

译者还译了海涅给马克思写的关于《童话》的一封信和他为《童话》法文译本草拟的序言,作为两篇附录印在译诗的后边,其用意也在"说明"中作了交代,这里不再重述了。

冯　至
一九七七年六月十七日于北京

序　言

　　下面这篇诗,是我今年一月在巴黎写的,那地方的自由空气侵袭到一些章节里,比我本来所希望的更为尖锐。我不得不立即把这些好像不适应德国气候的地方加以冲淡和删削。虽然如此,当我在三月把原稿寄给我的汉堡出版者的时候,还有各种各样的顾忌提出来要我考虑。我必须再一次搞这讨厌的修改工作,可能会有这样的情况,那些严肃的声音不必要地减弱了,或者被幽默的铃声过于轻快地给掩盖了。有些赤裸的思想,我在急躁的愤怒中又扯掉了它们的无花果叶①,这也许伤害了一些假装正经的、脆弱的耳朵。我很抱歉,但我一意识到有些更大的作家也犯过类似的错误,就足以自慰了。为了作这样的辩解,我完全不想提到阿里斯托芬②,因为他是一个绝对的异教徒,他的雅典观众虽然受过古典教育,但是很少懂得道德。我引塞万提斯和莫里哀为证,就能更为合适;塞万提斯写作是为了两个卡斯提州的高等贵族,莫里哀是为了凡

---

① 无花果叶,西方的艺术作品在裸体形象的阴部多用无花果叶遮盖作为饰物。
② 阿里斯托芬(前446?—前385?),古希腊喜剧作家,他的喜剧中有许多地方对于当时政治、社会,以及思想问题进行讽刺。

尔赛伟大的国王和伟大的宫廷!① 啊,我忘记了,我们生活在一个十分资产阶级化的时代,可惜我已预先看到,在施普雷河畔,要不就在阿尔斯特河畔②,有教养阶层的许多女士们对于我的可怜的诗篇将要轻蔑地皱起多少有些弯曲的小鼻子。但是我以更大的遗憾预先看到的,是那些民族伪善者的大声疾呼,他们如今与政府的嫉恨相配合,也享受检查制度充分的宠爱和尊敬,并能在日报上领先定调子,用以攻击那些敌人,而那些敌人同时也是他们至高无上的主子们的敌人。对于这些身穿黑红金三色制服的英勇走卒的不满,我们心里是有所警惕的。我已经听到他们的醉话:"你甚至亵渎我们旗帜的颜色,你这诬蔑祖国的人,法国人的朋友,你要把自由的莱茵河割让给他们!"你们放心吧。我将要重视而尊敬你们旗帜的颜色,如果它值得我的重视和尊敬,如果它不再是一种无聊的或奴性的儿戏。若是把这黑红金的旗帜树立在德国思想的高峰,使它成为自由人类的旌旗,我就愿意为它付出最宝贵的满腔热血。你们放心吧,我跟你们同样地热爱祖国。为了这种爱,我把十三年的生命在流亡中度过,也正是为了这种爱,我又要回到流亡中,也许长此下去,无论如何决不哭哭啼啼,也不做出愁眉苦脸的可怜相。我是法国人的朋友,正如我是一切人的朋友一样,只要他们是理性的和善良的,我自己也不会愚蠢或卑劣到这样地步,以至于去希望德国人和法国人这两个人类优秀的民族互相扭断头颅,使英国和俄国从中得利,使

---

① 塞万提斯(1547—1616),西班牙小说家,《堂吉诃德》的作者。莫里哀(1622—1673),法国喜剧作家。"两个卡斯提",西班牙中部的两个州,即旧卡斯提与新卡斯提。"伟大的国王"指法王路易十四。

② 施普雷河畔指柏林。阿尔斯特河畔指汉堡。

地球上所有的容克地主和僧侣都幸灾乐祸。你们安心吧,我永远不会把莱茵河割让给法国人,理由很简单:因为莱茵河是属于我的。诚然,它属于我,是由于不能出让的与生俱来的权利,我是自由的莱茵河的更为自由的儿子,在它的岸上安放过我的摇篮,我完全不能理解,为什么莱茵河应属于任何一个别人,而不属于本乡本土的人们。至于亚尔萨斯和洛林①,我自然不能那么轻易地把它们并入德国,像你们所干的那样,因为这两个省的人民是牢固地联系着法国,由于他们在法国大革命中所获得的权利,由于那些平等法律和自由制度,这些法律和制度使资产阶级的心情觉得很舒适,而对于广大群众的胃口却还远远不能满足。可是,亚尔萨斯人和洛林人将会再与德国联合,倘若我们完成法国人已经开始的事业,倘若我们在实践中超越了法国人,像我们在思想领域中已经做到的那样,倘若我们突飞猛进,直到完成思想的最后结论,倘若我们摧毁了奴隶制度,直到它最后的隐身所天堂,倘若我们把居住在地上人间的神从他的屈辱中救出来,倘若我们成为神的解救者,倘若我们使可怜的剥夺了幸福权利的人民、被嘲弄的创造精神和被凌辱的美又得到他们的尊严,正如我们伟大的先师们所述说、所歌颂的和我们作为弟子们所希望的那样——诚然,不只是亚尔萨斯和洛林,全法国随后也要归属我们,全欧洲,全世界——全世界将要成为德意志的!每当我在栎树荫下散步时,我常常梦想德国的这个使命和世界权威。这就是我的爱国主义。

---

① 亚尔萨斯、洛林是法国东北部与德国为邻的两个省。关于这两个省的归属问题,在历史上德国和法国常发生争执。

我将要以最后的决心，断然不顾一切，总之，以无限忠诚在另一本书里回到这个题目上来①。对于最坚决的反对论调，我会给以重视，如果它出自一种信念。就是最粗暴的敌对态度我也要耐心原谅，甚至对于白痴我也要答辩，只要他自以为是认真的。与之相反，我的完全沉默的蔑视却给予那毫无气节的败类，他从可厌的嫉妒心和肮脏的私人陷害出发，想方设法在舆论中败坏我良好的名誉，同时还运用爱国主义的、要不就是宗教的和道德的假面具。德国政治的和文艺的新闻界的无政府状况，在这样关系中时常被一种使我不胜惊讶的本领所利用。诚然，舒服特勒并没有死，他还永远活着，多年来他就是文艺界绿林强盗中一个组织完善的匪帮的领袖，那些强盗在我们新闻报纸的波希米亚②森林中搞他们的营生，隐蔽在每个灌木丛、每个树叶后面，听从他们尊严的首领的最轻微的口哨。

还有一句话。《冬天的童话》是目前由霍夫曼-康培出版社出版的《新诗》的末卷。为了能印成单行本，我的出版者必须把这篇诗送交主管的官厅请它特别照顾，新的改动和删削都是这个更高级的批判的结果。

汉堡，一八四四年九月十七日

海因里希·海涅

---

① 这时海涅还在写另一部著作《关于德国的通信》，作为这篇诗的补充，但是没有完成，只写了第一封信。
② 舒服特勒，意思是坏蛋，是席勒剧本《强盗》中的一个反面人物。波希米亚，在捷克斯洛伐克西北部，席勒剧本中的强盗们在这一带的森林里活动。

德国，一个冬天的童话

第 一 章

在凄凉的十一月,
日子变得更阴郁,
风吹树叶纷纷落,
我旅行到德国去。

当我来到边界上,
我觉得我的胸怀里
跳动得更为强烈,
泪水也开始往下滴。

听到德国的语言,
我有了奇异的感觉;
我觉得我的心脏
好像在舒适地溢血。

一个弹竖琴的女孩,
用真感情和假嗓音
曼声歌唱,她的弹唱
深深感动了我的心。

她歌唱爱和爱的痛苦，
她歌唱牺牲，歌唱重逢，
重逢在更美好的天上，
一切苦难都无影无踪。

她歌唱人间的苦海，
歌唱瞬息即逝的欢乐，
歌唱彼岸，解脱的灵魂
沉醉于永恒的喜悦。

她歌唱古老的断念歌①，
歌唱天上的催眠曲，
用这把哀泣的人民，
当作蠢汉催眠入睡。

我熟悉那些歌调与歌词，
也熟悉歌的作者都是谁；
他们暗地里享受美酒，
公开却教导人们喝白水。

一首新的歌，更好的歌，
啊朋友，我要为你们制作！
我们已经要在大地上

---

① 宗教上麻醉劳苦人民乐天知命、不要起来反抗的歌曲。

建立起天上的王国。

我们要在地上幸福生活,
我们再也不要挨饿;
绝不让懒肚皮消耗
双手勤劳的成果。

为了世上的众生
大地上有足够的面包,
玫瑰,常春藤,美和欢乐,
甜豌豆也不缺少。

人人都能得到甜豌豆,
只要豆荚一爆裂!
天堂,我们把它交给
那些天使和麻雀。

死后若是长出翅膀,
我们就去拜访你们,
在天上跟你们同享
极乐的蛋糕和点心。

一首新的歌,更好的歌!
像琴笛合奏,声调悠扬!
忏悔的赞诗消逝了,
丧钟也默不作响。

欧罗巴姑娘已经
跟美丽的自由神订婚,
他们拥抱在一起,
沉醉于初次的接吻。

虽没有牧师的祝福,
也不失为有效的婚姻——
新郎和新娘万岁,
万岁,他们的后代子孙!

我的更好的、新的歌,
是一首新婚的歌曲!
最崇高的庆祝的星火
在我的灵魂里升起——

兴奋的星火热烈燃烧,
熔解为火焰的溪流——
我觉得我无比坚强,
我能够折断栎树!

自从我走上德国的土地,
全身流遍了灵液神浆——

巨人①又接触到他的地母,
他重新增长了力量。

---
① "巨人",指希腊神话中的安泰。

第 二 章

当小女孩边弹边唱,
歌唱着天堂的快乐,
普鲁士的税关人员
把我的箱子检查搜索。

他们搜查箱里的一切,
翻乱手帕、裤子和衬衣;
他们寻找花边,寻找珠宝,
也寻找违禁的书籍。

你们翻腾箱子,你们蠢人!
你们什么也不能找到!
我随身带来的私货,
都在我的头脑里藏着。

我有花边,比布鲁塞尔、
麦雪恩的产品更精细,①

---

① 布鲁塞尔是比利时的首都,麦雪恩是比利时北部的城市;两地都以制造精巧的花边闻名。

一旦打开我针织的花边,
它的锋芒便向你们刺去。

我的头脑里藏有珠宝,
有未来的王冠钻石,
有新的神庙中的珍品,
伟大的新神还无人认识。

我的头脑里有许多书,
我可以向你们担保,
该没收的书籍在头脑里
构成鸣啭的鸟巢。

相信我吧,在恶魔的书库
都没有比这更坏的著作,
它们比法莱斯勒本的
霍夫曼的诗歌危险更多。①

一个旅客站在我的身边,
他告诉我说,如今我面前
是普鲁士的关税同盟,

---

① 法莱斯勒本的霍夫曼(1798—1874),姓霍夫曼,出生在法莱斯勒本,资产阶级自由主义诗人。由于德国人中姓霍夫曼的比较多,故附加地名,以示区别。1840 至 1841 年,他先后出版两卷《非政治的诗歌》,诗歌中有浮浅的自由思想,被普鲁士政府撤销他在布累斯劳大学的教授职位。但与此同时,霍夫曼为了争取德国统一,写出《德国人之歌》,该诗以"德国,德国超越一切……"开端,后被德国用作国歌。

那巨大的税关锁链。

"这关税同盟"——他说——
"将为我们的民族奠基,
将要把四分五裂的祖国
联结成一个整体。

"在所谓物质方面
它给我们外部的统一;
书报检查却给我们
精神的、思想的统一——

"它给我们内部的统一,
统一的思想和意志;
统一的德国十分必要,
向内向外都要一致。"

第 三 章

在亚琛古老的教堂
埋葬卡罗鲁斯·麦努斯①——
(不要错认是卡尔·迈耶,
迈耶住在施瓦本地区。②)

我不愿作为皇帝死去
埋葬在亚琛的教堂里;
我宁愿当个渺小的诗人
在涅卡河畔斯图克特市。③

亚琛街上,狗都感到无聊,
它们请求,做出婢膝奴颜:

---

① 亚琛是德国边界毗邻比利时的一座古城,查理曼大帝(742—814)埋葬在亚琛的教堂里。卡罗鲁斯·麦努斯是查理曼大帝的拉丁名字。
② 施瓦本是德国巴伐利亚州的行政专区。德国文学史中的施瓦本诗派指属于后期浪漫派的、出身于施瓦本的诗人。卡尔·迈耶(1786—1870)是施瓦本诗派中的一个诗人。海涅在《施瓦本镜鉴》中写道:"卡尔·迈耶先生,他的拉丁名字叫做卡罗鲁斯·麦努斯……他是一个无力的苍蝇,歌唱金甲虫。"
③ 施瓦本诗派的诗人们大都聚集在涅卡河畔的斯图加特,施瓦本的方言把它叫做斯图克特。

"啊外乡人,踢我一脚吧,
这也许给我们一些消遣。"

在这无聊的巢穴
一个小时我就绕遍。
又看到普鲁士军人,
他们没有多少改变。

仍旧是红色的高领,
仍旧是灰色的大氅——
("红色意味法国人的血"
当年克尔纳这样歌唱。①)

仍旧是那呆板的队伍,
他们的每个动转
仍旧是形成直角,
脸上是冷冰冰的傲慢。

迈步仍旧像踩着高跷,
全身像蜡烛般地笔直,
曾经鞭打过他们的军棍,
他们好像吞在肚子里。

---

① 台奥多尔·克尔纳(1791—1813),1813 年解放战争中的爱国诗人。其激情昂扬的爱国主义战歌在当时广为流传。1813 年阵亡沙场后,其父为之出诗集《琴与剑》。"红色意味法国人的血",是克尔纳的诗句。

是的,严格训斥从未消逝,
他们如今还记在心内;
亲切的"你"却仍旧使人
想起古老的"他"的称谓。①

长的髭须只不过是
辫子发展的新阶段:
辫子,它过去垂在脑后②,
如今垂在鼻子下端。

骑兵的新装我觉得不错,
我必须加以称赞,
特别是那尖顶盔,
盔的钢尖顶指向苍天。③

这种骑士风度使人想起——
远古的美好的浪漫谛克,
城堡夫人约翰娜·封·梦浮康,
以及富凯男爵、乌兰、蒂克。④

---

① 18世纪末以前,德国习惯上级对下级讲话,不称"你",而称"他"。
② 在18世纪,普鲁士的士兵都拖着辫子,19世纪初才废止。
③ 威廉四世在1842年给普鲁士军队颁布新服装,头戴尖顶盔。
④ 约翰娜·封·梦浮康是柯兹培(1761—1819)在1800年发表的与之同名的一部剧本的女主角,剧本取材于14世纪。富凯男爵、乌兰(又译乌兰德)、蒂克,都是当时闻名的浪漫主义作家,他们的诗歌和小说多取材于中世纪。这里海涅故意用乌兰、蒂克与浪漫谛兑协韵。"浪漫谛克"是浪漫主义的音译。

想起中世纪这样美好,
想起那些武士和扈从,
他们背后有一个族徽,
他们的心里一片忠诚。

想起十字军和骑士竞技,
对女主人的爱恋和奉侍,
想起那信仰的时代,
没有印刷,也没有报纸。

是的,我喜欢那顶军盔,
它证明这机智最高明!
它是一种国王的奇想!
画龙不忘点睛,那个尖顶!

我担心,一旦暴风雨发作,
这样一个尖顶就很容易
把天上最现代的闪电
导引到你们浪漫的头里!——

(如果战争爆发,你们必须
购买更为轻便的小帽;
因为中世纪的重盔
使你们不便于逃跑。——)①

---

① 这一节在发表时删去,是根据手稿补上的。

我又看见那只鸟,
在亚琛驿站的招牌上,
它毒狠狠地俯视着我,
仇恨充满我的胸膛。

一旦你落在我的手中,
你这丑恶的凶鸟,
我就揪去你的羽毛,
还切断你的利爪。

把你系在一根长竿上,
长竿在旷远的高空竖立,
唤来莱茵区的射鸟能手,
来一番痛快的射击。

谁要是把鸟射下来,
我就把王冠和权杖
授给这个勇敢的人!
向他鼓吹欢呼:"万岁,国王!"

第 四 章

夜晚我到了科隆,
听着莱茵河水在响,
德国的空气吹拂着我,
我感受到它的影响——

它影响我的胃口。
我吃着火腿煎鸡蛋,
还必须喝莱茵葡萄酒,
因为菜的味道太咸。

莱茵酒仍旧是金黄灿烂,
在碧绿的高脚杯中,
要是过多地饮了几杯,
酒香就向鼻子里冲。

酒香这样刺激鼻子,
我欢喜得不能自持!
它驱使我走向夜色朦胧,
走入有回声的街巷里。

石砌的房屋凝视着我,
它们好像要向我讲起
荒远的古代的传说,
这圣城科隆的历史。

在这里那些僧侣教徒
曾经卖弄他们的虔诚,
乌利希·封·胡腾描写过,
蒙昧人曾经统治全城。①

在这里尼姑和僧侣
跳过中世纪的堪堪舞②;
霍赫特拉顿,科隆的门采尔,
在这里写过毒狠的告密书。③

这里火刑场上的火焰,
把书籍和人都吞没;
同时敲起了钟声,

---

① 乌利希·封·胡腾(1488—1523),宗教改革时代的人文主义者,参与《蒙昧人书札》(1515—1517)的写作,讽刺当时的僧侣,称僧侣为蒙昧人。
② 堪堪舞,又译康康舞,约于1830年由阿尔及利亚传入法国巴黎,后流行于欧洲。
③ 霍赫特拉顿(1454—1527),科隆的神学者,人文主义者的首要敌人,海涅称他为"科隆的门采尔"。门采尔(1798—1873),反动作家,在1835年建议德国政府查禁"青年德意志"派进步作家的著作,其中包括海涅的著作。

唱起"圣主怜悯"歌。

这里,像街头的野狗一般,
愚蠢和恶意献媚争宠;
如今从他们的宗教仇恨,
还认得出他们的子孙孽种。——

看啊,那个庞大的家伙
在那儿显现在月光里!
那是科隆的大教堂,
阴森森地高高耸起。

它是精神的巴士底狱①,
狡狯的罗马信徒曾设想:
德国人的理性将要
在这大监牢里凋丧!

可是来了马丁·路德②,
他大声喊出"停住!"——
从那天起就中断了
这座大教堂的建筑。

它没有完成——这很好。

---

① 巴士底狱,法国专制政府用以镇压人民的牢狱,1789年大革命时被起义的人民摧毁。
② 马丁·路德(1483—1546),德国宗教改革的领袖。

因为正是这半途而废，
使它成为德国力量
和新教使命的纪念碑。

你们教堂协会①的无赖汉，
要继续这中断的工程，
你们要用软弱的双手
把这专制的古堡完成！

真是愚蠢的妄想！你们徒然
摇晃着教堂的募捐袋，
甚至向异端和犹太人求乞，
但是都没有结果而失败。

伟大的弗朗茨·李斯特
徒然为教堂的工程奏乐，②
一个才华横溢的国王
徒然为它发表演说！③

科隆的教堂不能完成，
虽然有施瓦本的愚人

～～～～～～～
① 教堂协会，1842年在科隆成立，目的是完成科隆大教堂的建筑。
② 弗朗茨·李斯特(1811—1886)，匈牙利音乐家，1842年9月教堂继续修建开始时，他公开演奏，募集基金。
③ 普鲁士国王威廉四世也为教堂继续修建作过演说。

为了教堂的继续建筑,
把一整船的石头输运。①

它不能完成,虽然有乌鸦
和猫头鹰尽量叫喊,
它们思想顽固,愿意在
高高的教堂塔顶上盘旋。

甚至那时代将要到来,
人们不再把它完成,
却把教堂的内部
当作一个马圈使用。

"要是教堂成为马圈,
那么我们将要怎么办,
怎样对待那三个圣王,
他们安息在里边的神龛?"②

我这样听人问,在我们时代
难道我们还要难以为情?
三个圣王来自东方,

~~~~~~~~~~

① 教堂协会在斯图加特的分会,为了教堂修建,运来一船石头。
② 《新约·马太福音》里记载,基督诞生时,有三个东方的博士来朝拜。后来在传说中这三个博士演变为三个国王。这三个圣王的名字叫做:巴塔萨尔、梅尔希奥、卡斯巴,其中卡斯巴是黑人的国王。1169 年,他们的遗骨移到科隆,随后就供在大教堂的神龛内。

他们可以另找居停。

听从我的建议,把他们
装进那三只铁笼里,
铁笼悬在明斯特的塔上,
塔名叫圣拉姆贝尔蒂。①

裁缝王坐在那里②
和他的两个同行,
但是现在我们却要用铁笼
装另外的三个国王。

巴塔萨尔先生挂在右方,
梅尔希奥先生悬在左边,
卡斯巴先生在中央——天晓得,
他三人当年怎样活在人间!

---

① 圣拉姆贝尔蒂教堂在明斯特。在农民战争时期,有三个再洗礼派的领袖被杀害,他们的尸体装在三个铁笼里,悬挂在这个教堂的塔顶上示众。这三人都是裁缝出身。
② 以下五节是在单行本里增添的;最初在《新诗》里发表时,只有这样一节,这节在单行本里删去了:
　　三头统治中如果少一个,
　　就取来另外的一个人,
　　用西方的一个统治者
　　代替那东方的国君。
这里所说的"西方的一个统治者",系指普鲁士国王。

这个东方的神圣同盟,①
如今被宣告称为神圣,
他们的行为也许
不总是美好而虔诚。

巴塔萨尔和梅尔希奥
也许是两个无赖汉,
他们被迫向他们国家
许下了制定宪法的诺言②,

可是后来都不守信用。——
卡斯巴先生,黑人的国王,
也许用忘恩负义的黑心
把他的百姓当作愚氓。

---

① 指普、奥、俄三国在1815年结成的神圣同盟。同盟的目的是为了维护维也纳会议的决议,镇压革命运动。
② 普鲁士国王威廉三世在1813年向全国宣布,将制定宪法,但他后来背弃了这个诺言,他的儿子威廉四世也没有实行。

第 五 章

当我来到莱茵桥头,
在港口堡垒的附近,
看见在寂静的月光中
流动着莱茵父亲。

"你好,我的莱茵父亲,
你一向过的怎样?
我常常思念着你
怀着渴想和热望。"

我这样说,我听见水深处
发出奇异的怨恨的声音,
像一个老年人的轻咳,
一种低语和软弱的呻吟:

"欢迎,我的孩子,我很高兴,
你不曾把我忘记;
我不见你已经十三年,
这中间我很不如意。

"在碧贝利西我吞下石头,
石头的滋味真不好过!①
可是在我胃里更沉重的
是尼克拉·贝克尔的诗歌。②

"他歌颂了我,好像我
还是最纯贞的少女,
她不让任何一个人
把她荣誉的花冠夺去。

"我如果听到这愚蠢的歌,
我就要尽量拔去
我的白胡须,我真要亲自
在我的河水里淹死!

"法国人知道得更清楚,
我不是一个纯贞的少女,
他们这些胜利者的尿水
常常掺和在我的水里。

---

① 纳骚公国和黑森公国因河运问题发生争执。黑森政府于1841年2月在碧贝利西附近的莱茵河里沉下103艘船的石头,阻挡纳骚公国的通航。
② 尼克拉·贝克尔(1810—1845),当时一首流行的《莱茵歌》的作者。这首歌作于1840年,首句是"他们不应占有自由的、德国的莱茵河"。

"愚蠢的歌,愚蠢的家伙!
他使我可耻地丢脸,
他使我在政治上
也有几分感到难堪。

"因为法国人如果回来,
我必定在他们面前脸红,
我常常祈求他们回来,
含着眼泪仰望天空。

"我永远那样喜爱
那些可爱的小法兰西——
他们可还是穿着白裤子?
又唱又跳一如往昔?

"我愿意再看见他们,
可是我怕受到调侃,
为了那该诅咒的诗歌,
为了我会当场丢脸。

"顽皮少年阿弗烈·德·缪塞①,
在他们的前面率领,
他也许充当鼓手,

---

① 阿弗烈·德·缪塞(1810—1857),法国诗人,他写了一首诗《德国的莱茵河》,给贝克尔的《莱茵歌》以尖锐的讽刺。

把恶意的讽刺敲给我听。"

可怜的莱茵父亲哀诉,
他如此愤愤不平,
我向他说些慰藉的话,
来振奋他的心情。

"我的莱茵父亲,不要怕
那些法国人的嘲笑;
他们不是当年的法国人,
裤子也换了另外一套。

"红裤子代替了白裤子,
纽扣也改变了花样,
他们再也不又唱又跳,
却低着头沉思默想。

"他们如今想着哲学,
谈论康德、费希特、黑格尔,
他们吸烟,喝啤酒,
有些人也玩九柱戏。

"他们像我们都成为市侩,
最后还胜过我们一筹;
再也不是伏尔泰的弟子,

却成为亨腾贝格①的门徒。

"不错,他还是个顽皮少年,
那个阿弗烈·德·缪塞,
可是不要怕,我们能钳住
他那可耻的刻薄的口舌。

"他若把恶意的讽刺敲给你听,
我们就向他说出更恶意的讽刺,
说说他跟些漂亮女人们
搞了些什么风流事。

"你满足吧,莱茵父亲,
不要去想那些恶劣的诗篇,
你不久会听到更好的歌——
好好生活吧,我们再见。"

---

① 亨腾贝格(1802—1869),柏林大学神学教授。

第 六 章

有一个护身的精灵,
永远陪伴着帕格尼尼,
有时是条狗,有时是
死去的乔治·哈利的形体。①

拿破仑每逢重大的事件,
总是看到一个红衣人。
苏格拉底有他的神灵,
这不是头脑里的成品。②

我自己,要是坐在书桌旁,
夜里我就有时看见,
一个乔装假面的客人
阴森森站在我的后边。

---

① 帕格尼尼(1782—1840),意大利提琴演奏家。乔治·哈利(1780—1838),德国作家,有一段时间陪伴帕格尼尼作演奏旅行。
② 古希腊唯心主义哲学家苏格拉底认为人的身内有一个神灵,人能听到神灵的声音,按照声音的指使行动。

他斗篷里有件东西闪烁,
他暗地里在手中握牢,
一旦它显露出来,
我觉得是一把刑刀。

他显得体格矮胖,
眼睛像两颗明星,
他从不搅扰我的写作,
他站在远处安安静静。

我不见这个奇异的伙伴,
已经有许多的岁月。
我忽然又在这里遇见他,
在科隆幽静的月夜。

我沿着街道沉思漫步,
我见他跟在我的后边,
他好像是我的身影,
我站住了,他也停止不前。

他停住了,好像有所期待,
我若迈开脚步,他又紧跟,
我们就这样走到
教堂广场的中心。

我忍不住了,转过身来说,

"现在请你向我讲一讲,
你为什么在这荒凉深夜
跟随我走遍大街小巷?

"我总在这样时刻遇见你,
每逢关怀世界的情感
在我的怀里萌芽,每逢
头脑里射出精神的闪电。

"你这样死死地凝视我——
在这斗篷里隐约闪烁,
请说明,你暗藏什么东西?
你是谁,你要做什么?"

可是他回答,语调生硬,
他甚至有些迟钝:
"不要把我当作妖魔驱除,
我请求你,不要兴奋。

"我不是过去时代的鬼魂,
也不是坟里跳出的草帚,
我并不很懂得哲学,
也不是修辞学的朋友。

"我具有实践的天性,
我永远安详而沉默,

要知道:你精神里设想的,
我就去实行,我就去做。

"纵使许多年月过去了,
我不休息,直到事业完成——
我把你所想的变为实际,
你想,可是我却要实行。

"你是法官,我是刑吏,
我以仆役应有的服从
执行你所作的判决,
哪怕这判决并不公正。

"罗马古代的执政官,
有人扛着刑刀在他身前。
你也有你的差役,
却握着刑刀跟在你后边。

"我是你的差役,我跟在
你的身后永不离叛,
紧握着明晃晃的刑刀——
我是你的思想的实践。"

第 七 章

我回到屋里睡眠,
好像天使们催我入睡,
躺在德国床上这样柔软,
因为铺着羽毛的褥被。

我多么经常渴望
祖国的床褥的甜美,
每当我躺在硬的席褥上
在流亡中长夜不能成寐。

在我们羽毛被褥里,
睡得很香,做梦也甜,
德国人灵魂觉得在这里
解脱了一切尘世的锁链。

它觉得自由,振翼高扬
冲向最高的天空。
德国人灵魂,你多么骄傲,
翱翔在你的夜梦中!

当你飞近了群神,
群神都黯然失色!
你一路上振动你的翅膀,
甚至把些小星星都扫落!

大陆属于法国人俄国人,
海洋属于不列颠,
但是在梦里的空中王国
我们有统治权不容争辩。

我们在这里不被分裂,
我们在这里行使主权;
其他国家的人民
却在平坦的地上发展——

当我入睡后,我梦见
我又在古老的科隆,
沿着有回声的街巷
漫步在明亮的月光中。

在我的身后又走来
我的黑衣乔装的伴侣。
我这样疲乏,双膝欲折,
可是我们仍然走下去。

我们走下去。我的心脏
在胸怀里恚然割裂,
从心脏的伤口处
流出滴滴的鲜血。

我屡次用手指蘸血,①
我屡次这样去做,
用血涂抹房屋的门框,
当我从房屋门前走过。

每当我把一座房屋
用这方式涂上标记,
远处就响起一声丧钟,
如泣如诉,哀婉而轻细。

天上的月亮黯然失色,
它变得越来越阴沉;
乌云从它身边涌过
有如黑色的骏马驰奔。

可是那阴暗的形体
仍然跟在我的后边,

---

① 作者在这里运用了《旧约·出埃及记》第十二章犹太人在门框上涂抹羊血作为标志的故事。不过意义正相反,犹太人涂抹羊血是为了免于灾难,诗里的主人公在人家的门框上涂抹了他的心血,是对这家的惩罚;立即响起一声丧钟,这意味着他的伴侣将执行他的判决。

他暗藏刑刀——我们这样
漫游大约有一段时间。

我们走着走着,最后
我们又走到教堂广场;
那里教堂的大门敞开,
我们走进了教堂。

死亡、黑夜和沉默,
管领着这巨大的空间;
几盏吊灯疏疏落落,
恰好衬托着黑暗。

我信步走了很久
沿着教堂内的高柱,
只听见我的伴侣的足音
在我身后一步跟着一步。

我们最后走到一个地方,
那里蜡烛熠熠发光,
还有黄金和宝玉闪烁,
这是三个圣王的圣堂。

可是这三个圣王,
一向在那里静静躺卧,
奇怪啊,他们如今

却在他们的石棺上端坐。

三架骷髅,离奇打扮,
寒碜的蜡黄的头颅上
人人戴着一顶王冠,
枯骨的手里也握着权杖。

他们久已枯死的骸骨
木偶一般地动作;
他们使人嗅到霉气,
同时也嗅到香火。

其中一个甚至张开嘴,
做了一段冗长的演讲;
他反复地向我解说,
为什么要求我对他敬仰。

首先因为他是个死人,
第二因为他是个国王,
第三因为他是个圣者——
这一切对我毫无影响。

我高声朗笑回答他:
"你不要徒劳费力!
我看,无论在哪一方面
你都是属于过去。

"滚开!从这里滚开!
坟墓是你们自然的归宿。
现实生活如今就要
没收这个圣堂的宝物。

"未来的快乐的骑兵
将要在这里的教堂居住,
你们不让开,我就用暴力,
用棍棒把你们清除。"

我这样说,我转过身来,
我看见默不作声的伴侣,
可怕的刑刀可怕地闪光——
他懂得我的示意。

他走过来,举起刑刀,
把可怜的迷信残骸
砍得粉碎,他毫无怜悯,
把他们打倒在尘埃。

所有的圆屋顶都响起
这一击的回声,使人震惊!
我胸怀里喷出血浆,
我也就忽然惊醒。

第 八 章

从科隆到哈根的车费,
普币五塔勒六格罗舍。
可惜快行邮车客满了,
只好乘坐敞篷的客车。

晚秋的早晨,潮湿而暗淡,
车子在泥泞里喘息;
虽然天气坏路也不好,
我全身充溢甜美的舒适。

这实在是我故乡的空气,
热烘烘的面颊深深感受!
还有这些公路上的粪便,
也是我祖国的污垢!

马摇摆它们的尾巴,
像旧相识一样亲热,
它们的粪球我觉得很美,

有如阿塔兰塔的苹果①。

我们经过可爱的密尔海木,
人们沉静而勤劳地工作,
我最后一次在那里停留,
是在三一年的五月。

那时一切都装饰鲜花,
日光也欢腾四射,
鸟儿满怀热望地歌唱,
人们在希望,在思索——

他们思索,"干瘪的骑士们②,
不久将要从这里撤走,
从铁制的长瓶里
给他们斟献饯行酒!

"'自由'来临,又舞蹈,又游戏,
高举白蓝红三色的旗帜③,
它也许甚至从坟墓里

---

① 阿塔兰塔是希腊传说中善跑的美女。向她求婚的人必须跟她赛跑,谁若胜过她,才能娶她。但是跟她赛跑的人都输了。后来爱神给希波梅内斯三个金苹果,希波梅内斯在赛跑时,故意把金苹果抛在地上,阿塔兰塔弯腰去拾苹果时,希波梅内斯跑到她前边去了。
② "骑士们"指普鲁士的士兵。
③ 白、蓝、红,是莱茵区旗帜的颜色。

迎来死者,拿破仑一世!"①

神啊!骑士们仍旧在这里,
这群无赖中有些个
来时候是纺锤般地枯瘦,
如今都吃得肚皮肥硕。

那些面色苍白的流氓,
看来像"仁爱"、"信仰"和"希望",
他们贪饮我们的葡萄酒,
从此都有了糟红的鼻梁——

并且"自由"的脚脱了臼,
再也不能跳跃和冲锋;
法国的三色旗在巴黎
从塔顶忧郁地俯视全城。

皇帝曾经一度复活,
可是英国的虫豸却把他
变成一个无声无臭的人,
于是他又被人埋入地下。②

---

① 莱茵区人民想望死去的拿破仑的再来,主要是为了摆脱普鲁士的统治。
② 拿破仑滑铁卢战败后被英国流放到大西洋上的圣赫勒岛,后死于岛上。

我亲自见过他的葬仪,①
我看见金色的灵车,
上边是金色的胜利女神,
她们扛着金色的棺椁。

沿着爱丽舍田园大街,
通过胜利凯旋门,
穿过浓雾蹈着雪,
行列缓缓地前进。

音乐不谐调,令人悚惧,
奏乐人都手指冻僵。
那些旌旗上的鹰隼
向我致意,不胜悲伤。

沉迷于旧日的回忆,
人们都像幽灵一般——
又重新咒唤出来
统治世界的童话梦幻。

我在那天哭泣了。
我眼里流出眼泪,

---

① 拿破仑的灵柩运回法国后,法国政府在1840年12月15日为拿破仑举行葬礼,葬在巴黎荣军院里。关于这次葬礼的凄凉景象,海涅在一部报导法国的政治、艺术与人民生活的著作《卢苔齐亚》第一部分第二十九节里有类似的叙述。

当我听到那消逝了的
亲切的喊声"皇帝万岁!"

第 九 章

我早晨从科隆出发,
是七点四十五分;
午后三点才吃午饭,
这时我们到了哈根。

饭桌摆好了。这里我完全
尝到古日耳曼的烹调,
祝你好,我的酸菜,
你的香味使人魂消!

绿白菜里蒸板栗!
在母亲那里我这样吃过!
你们好,家乡的干鱼!
在黄油里游泳多么活泼!

对于每个善感的心
祖国是永远可贵——
黄焖熏鱼加鸡蛋
也真合乎我的口味。

香肠在滚油里欢呼!
穿叶鸟①,虔诚的小天使,
经过煎烤,拌着苹果酱,
它们向我鸣叫:"欢迎你!"

"欢迎你,同乡,"——它们鸣叫——
"你长久背井离乡,
你跟着异乡的禽鸟
在异乡这样长久游荡!"

桌上还有一只鹅,
一个沉静的温和的生物。
她也许一度爱过我,
当我俩还年轻的时候②。

她凝视着,这样意味深长,
这样亲切、忠诚,这样伤感!
她确实有一个美的灵魂,
可是肉质很不嫩软。

还端上来一个猪头,
放在一个锡盘上;

---

① 穿叶鸟,原文是 Krammetsvogel,属于鸫鸟类,北京民间叫做穿叶儿,所以译为穿叶鸟。
② 在德国,人们用鹅比喻愚蠢的女人。

用月桂叶装饰猪嘴①,
仍然是我们家乡的风尚。

---
① 讽刺庸俗社会里对拙劣诗人的吹捧。

第 十 章

刚过了哈根已是夜晚,
我肠胃里感到一阵寒颤。
我在翁纳的旅馆里
才能够得到温暖。

那里一个漂亮的女孩
亲切地给我斟了五合酒①;
她的鬈发像黄色的丝绸,
眼睛是月光般地温柔。

轻柔的威斯特法伦口音,
我又听到,快乐无穷。
五合酒唤起甜美的回忆,
我想起那些亲爱的弟兄。

想起亲爱的威斯特法伦人,
在哥亭根我们常痛饮通宵,

---

① 五合酒是用甘蔗酒、糖、柠檬汁、茶、水混合成的一种饮料。

一直喝到我们互相拥抱,
并且在桌子底下醉倒!

我永远这样喜爱他们,
善良可爱的威斯特法伦人,
一个民族,不炫耀,不夸张,
是这样坚定、可靠而忠心。

他们比剑时神采焕发,
他们有狮子般的心胸!
第四段、第三段的冲刺①,
显示得这样正直、公正!

他们善于比剑,善于喝酒,
每逢他们把手向你伸出
结下友谊,便流下眼泪;
他们是多情善感的栎树。

正直的民族,上天保佑你们,
他赐福于你们的后裔,
保护你们免于战争和荣誉,

---

① 第四段、第三段,在击剑术中是容易伤及对手的两段程序。

免于英雄和英雄事迹①。

他总把一种很轻微的考验
赠送给你们的子孙,
他让你们的女儿们
漂漂亮亮地出嫁——阿门!

---

① 作者路过威斯特法伦州的翁纳城,回想起他在哥亭根(又译格廷根)大学读书时结识的威斯特法伦社团团友们,海涅一度参加过这个社团。大学里社团的活动经常是喝酒比剑,这些青年人都很正直,而且多情善感,但是后来大都与世浮沉,过着庸俗的市民生活。

第十一章

这是条顿堡森林,
见于塔西佗的记述,
这是古典的沼泽,
瓦鲁斯在这里被阻。①

柴鲁斯克族的首领,
赫尔曼,这高贵的英雄,
打败瓦鲁斯;德意志民族
在这片泥沼里获胜。

赫尔曼若没有率领一群
金发的野蛮人赢得战斗,
我们都会成为罗马人,
也不会有德意志的自由!

只有罗马的语言和习俗

---

① 古罗马历史学家塔西佗(50?—117)著有《日耳曼尼亚》一书,书中记载了条顿堡森林的战役。属于日耳曼人的柴鲁斯克族的首领赫尔曼于公元九年在条顿堡森林中击败瓦鲁斯统帅的罗马军队。

如今会统治我们的祖国,
明兴甚至有灶神女祭师,
施瓦本人叫做吉里特①!

亨腾贝格成为脏腑祭师,
拨弄着祭牛的肚肠。
奈安德会成为鸟卜祭师,
他观察鸟群的飞翔②。

毕希-裴菲尔③要喝松脂精,
像从前罗马妇女那样,——
(据说,她们这样喝下去,
小便的气味会特别香。)

劳默④不会是德国的流氓,
而是个罗马的流氓痞子。
弗莱利希拉特将写无韵诗,

---

① 古罗马的女灶神名维斯塔,她的女祭师必须永葆童贞,看守"永恒之火"。明兴是德国南部的重要城市,一般译为慕尼黑。吉里特是罗马公民的尊称。
② 亨腾贝格,参看第五章注。脏腑祭师,古罗马的一种祭师,他们根据祭牛内脏的部位占卜。奈安德(1789—1850),柏林神学教授。鸟卜祭师根据鸟的飞翔预言神的意图。
③ 毕希-裴菲尔(1800—1868),德国女演员兼剧作家。
④ 劳默(1781—1873),德国历史学家。海涅在柏林大学听过他的课。

像当年的贺拉斯①。

那粗鲁的乞丐杨②老爹,
如今会叫做粗鲁怒士。
天啊!马斯曼将满口拉丁,
这个马可·图留·马斯曼奴斯。③

爱真理的人将在斗兽场
跟狮子、鬣犬、豺狼格斗,
他们决不在小幅报刊上
去对付那些走狗。

我们会只有一个尼禄,
而没有三打的君主。
我们会把血管割断,
抗拒奴役的监督④。

---

① 弗莱利希拉特(1810—1876),德国三月革命前的抒情诗人,曾与马克思一同编过《新莱茵报》。贺拉斯(前65—前8),古罗马诗人。古罗马诗是不押韵的。
② 杨(1778—1852),德国体育学家,他早年参加反拿破仑的战争,后来思想保守,成为国粹主义的民族主义者。
③ 马斯曼也是国粹主义者。作者把他和罗马政治家兼演说家马可·图留·西塞罗(前106—前43)相比,所以把马斯曼的姓拉丁化,并冠以西塞罗的名字。马斯曼1828年任慕尼黑大学德国古代文学教授(这个位置本是海涅打算去就任的)。
④ 尼禄(37—68),罗马暴君,他迫使他的师傅政治家兼哲学家塞内卡(?—65)割断血管自杀。德意志联邦共有二十六邦,所以说是"二打"。

谢林将是一个塞内卡,
他会丧身于这样的冲突①。
我们会向柯内留斯说:
"任意涂抹不是画图!②"——

感谢神!赫尔曼赢得战斗,
赶走了那些罗马人;
瓦鲁斯和他的师旅溃败,
我们永远是德国人!

我们是德国人,说德国话,
像我们曾经说过的一般;
驴叫做驴,不叫阿西奴斯③,
施瓦本的名称也不改变。

劳默永远是德国的流氓,
还荣获了雄鹰勋章。
弗莱利希拉特押韵写诗,
并没有像贺拉斯那样。

感谢神,马斯曼不说拉丁,

---

① 谢林(1775—1854),德国哲学家。1841年普王威廉四世把谢林从明兴召往柏林,因此作者想到塞内卡的下场。
② 柯内留斯(1783—1867),德国画家。"任意涂抹不是画图",是拉丁文谚语,诗中用的拉丁原文:"Cacatum non est pictum"。
③ 拉丁语称驴为 asinus,音译为阿西奴斯。

毕希—裴菲尔只写戏剧，
并不喝恶劣的松脂精
像罗马的风骚妇女。

赫尔曼，这都要归功于你，
所以为你在德特摩尔城①
立个纪念碑，是理所当然，
我自己也曾署名赞成。

---

① 德特摩尔是条顿堡森林东边的一座城市。1838年起始在那里给赫尔曼建立纪念碑。

第十二章

在夜半的森林里
车子颠簸着前进,
戛然一声车轮脱了轴,
我们停住了,这很不开心。

驿夫下车跑到村里去,
在夜半我独自一人
停留在树林子里,
四围一片嗥叫的声音。

这都是狼,嗥叫这样粗犷,
声音里充满了饥饿。
像是黑暗里的灯光,
火红的眼睛闪闪烁烁。

一定是听到我的来临,
这些野兽对我表示敬意,
它们把这座树林照明,
演唱它们的合唱曲。

这是一支小夜曲,
我看到,它们在欢迎我!
我立即摆好姿势,
用深受感动的态度演说:

"狼弟兄们,我很幸福,
今天停留在你们中间,
满怀热爱对我嗥叫,
有这么多高贵的伙伴。

"我这一瞬间感到的,
真是无法衡量;
啊,这个美好的时刻,
我是永远难忘。

"我感谢你们的信任——
你们对我表示尊敬,
这信任在每个考验时刻
都有真凭实据可以证明。

"狼弟兄们,你们不怀疑我,
你们不受坏蛋们的蒙骗,
他们向你们述说,
我已叛变到狗的一边。

"说我背叛了,不久就要当
羊栏里的枢密顾问——
去反驳这样的诽谤,
完全对我的尊严有损。

"我为了自身取暖,
有时也身披羊裘,
请相信,我不会到那地步,
热衷于羊的幸福。

"我不是羊,我不是狗,
不是大头鱼和枢密顾问——
我永远是一只狼,
我有狼的牙齿狼的心。

"我是一只狼,我也将要
永远嗥叫,跟着狼群——
你们信任我,你们要自助,
上帝也就会帮助你们!"

这是我的一段演说,
完全没有预先准备好;
柯尔卜把它改头换面
刊印在奥格斯堡《总汇报》。①

---

① 海涅在巴黎,经常给奥格斯堡的《总汇报》写通讯。柯尔卜(1798—1865)长期担任《总汇报》的编辑,为了能取得书报检查的通过,他往往任意删改海涅的通讯。

第十三章

太阳在帕德博恩上升①,
它的神情十分沮丧。
它实际在干一件讨厌的事——
把这愚蠢的地球照亮!

它刚照明了地球的一面,
它就把它的光迅如闪电
送到另一边,与此同时
这一面已经转为黑暗。

石头总为西绪福斯下滚,
达那俄斯女儿们的水筲
总不能把水盛满②,

---

① 帕德博恩,威斯特法伦州的一个城市。
② 西绪福斯,希腊传说中科林特的第一个国王,非常狡诈,死后被罚在阴间把一块沉重的大理石从山下搬运到山顶,每逢快到山顶时,那块石头便从山上滚下来。达那俄斯,古希腊的一个国王,有五十个女儿,除一个女儿外,这些女儿在结婚的第一夜都把她们的丈夫杀死。她们被罚在阴间永远用一个底下有窟窿的水桶取水。这两个故事通常用以比喻永远不能完成的沉重的工作。

太阳照亮地球,总是徒劳!——

当晨雾已经散开,
我看见在大路旁
曙光中有耶稣的塑像
被钉在十字架上。

我看见你,我可怜的表兄,
每一次我都满怀忧愁,
你这呆子,人类的救世主,
你曾要把这世界解救!

高级议会的老爷们,
他们把你虐待摧残。
谁叫你谈论教会和国家
也这样肆无忌惮!

这是你的厄运,在那年代
还没有发明印刷术;
不然关于天上的问题
你也许会写成一本书。

对地上有所讽喻的字句,
检查官会给你删去,
书报检查在爱护你,
免得在十字架上钉死。

啊！只要把你的山上说教①
改变为另外一种文词，
你能够不伤害那些善人，
你有足够的才能和神智！

你却把兑换商、银行家
甚至用鞭子赶出了圣殿②——
不幸的热狂人，你如今
在十字架上给人以戒鉴！

---

① 耶稣的山上说教阐述了他所宣传的教义，事见《新约》中《马太福音》第五至七章，《路加福音》第六章。
② 《新约·马可福音》第十一章："耶稣进入圣殿，将里面做买卖的人赶出去，推倒兑换银钱的人的桌子……教训他们说，'经上不是说，我的殿必称为万国祷告的地方吗？你们竟将这殿当作盗贼的巢穴了'。经上和众祭司长听见这话，就图谋要杀害他。"

第十四章

潮湿的风,光秃的大地,
车子在泥途中摇荡;
"太阳,你控诉的火焰!"
我的心里这样响,这样唱。

这是那古老民歌的尾韵,
我的保姆常常歌唱——
"太阳,你控诉的火焰!"
它像号角一般鸣响。

歌词里有一个凶手①,
他生活愉快,得意洋洋;
最后发现他在树林里
吊在一棵老柳树上。

~~~~~~~~~~

① 这首民歌的歌词全文没有流传下来。内容大意是:少女娥悌里被凶手杀死,临死时曾喊道:"太阳,你控诉的火焰!"后来那凶手被秘密审判的复仇者吊死在一棵树上。这首民歌的两节片断,海涅曾记在他的《回忆录》里。

凶手的死刑判决书
被钉在柳树的树干；
这是复仇者的密审——
"太阳，你控诉的火焰！"

太阳是有力的控诉者，
它使人给凶手定下罪案。
娥悌里临死时喊道：
"太阳，你控诉的火焰！"

我想起这首歌，也就想起
我的保姆，那慈爱的老人，
我又看见她褐色的脸，
脸上有褶子和皱纹。

她出生在明斯特地区，
她会歌唱，也会讲说
许多阴森森的鬼怪故事，
还有童话和民歌。

我的心是多么跳动，
当老人说到那个王女①，

---

① 这是格林兄弟《童话集》中《牧鹅女》的故事。一个王后有一个女儿，嫁给远方的一个王子。王后叫女儿骑一匹能讲话的马去就婚，并由一个侍女护送。马名法拉达。在路上侍女威胁王女，把新娘的衣服骗过来穿在自己身上，冒充王女与王子结婚，并命王女在城外放鹅。她还下令杀死能讲话的法拉达，把马头挂在城门上，但是马头还能讲话。王女从城门走过，她便和马头交谈。最后揭穿了侍女的罪行，王女与王子结婚，将侍女处死。诗中王女与法拉达的对话，和童话中的对话基本上是一致的。

她孤零零独坐荒郊,
把金黄的头发梳理。

她被迫充当牧鹅女
在那里看守鹅群,
傍晚赶着鹅又穿过城门,
她十分悲伤,不能前进。

因为她看见一个马头
突出地钉在城门上,
这是那匹可怜的马,
她骑着它到了异乡。

王女深深地叹息:
"噢,法拉达,你挂在这里!"
马头向着下边叫:
"噢,好苦啊,你走过这里!"

王女深深地叹息:
"要是我的母亲知道!"
马头向着下边叫:
"她的心必定碎了!"

我屏止呼吸倾听,
当老人讲到红胡子的事迹,
她态度更严肃,语气更轻,

讲说我们神秘的皇帝①。

她向我说,他并没有死,
学者们也信以为实,
他隐藏在一座山中,
统帅着他的武装战士。

山名叫作基甫怀舍,
山里边有洞府一座;
高高圆顶的大厅里
吊灯阴森森地闪烁。

第一座大厅是马厩,
在那里能够看见
几千匹马,装备齐全,
站立在秣槽旁边。

它们都驾了鞍,笼上辔,
可是所有这些马匹,
口也不叫,脚也不踢,
像铁铸的一般静寂。

~~~~~~~~~~

① 红胡子皇帝是德意志民族神圣罗马帝国皇帝腓特烈一世(又译弗里德里希,1123—1190)的别号。他在1152年即皇位,后来参加第三次十字军东征,在小亚细亚的一条河流里淹死。民间传说,他并没有死,回到了德国,带领他的人马睡眠在哈尔茨山附近的基甫怀舍的山洞里,将来有一天他还会醒过来。关于海涅对这传说的看法,参看下两章。

人们看见第二座大厅里
战士们在枯草堆上睡倒,
几千名战士,满脸胡须,
都是英勇顽强的面貌。

他们从头到脚全副武装,
可是所有这些好汉,
动也不动,转也不转,
他们都躺的稳,睡的酣。

第三座大厅高高堆积着
宝剑、斧钺和标枪,
银制的铠甲,钢制的盔胄,
古代法兰克的火枪。

大炮很少,可是足够
组成一堆战利品。
一面旗帜高高竖起,
它的颜色是黑红金。

皇帝住在第四座大厅,
已经有许多世纪,
他靠着石桌,手托着头,
坐的也是一座石椅。

他的胡子一直拖到地,

红得像熊熊的火焰,
他屡次蹙紧眉头,
有时也眨动双眼。

他是在睡,还是在沉思?
人们不能查看仔细;
可是一旦时机到了,
他就会猛然兴起。

他便握住那面好旗帜,
他呼喊:"上马!上马!"
他的武装队伍都醒过来,
从地上跳起,一阵喧哗。

一个个都翻身上马,
马在嘶叫,马蹄杂沓!
他们驰向喧嚣的世界,
吹起行军的喇叭。

他们善于骑马,善于战斗,
他们得到了充足的睡眠。
皇帝执行严厉的审讯,
他要把凶手们惩办——

高贵的少女日耳曼尼亚①,
她鬈发金黄,仪表非凡,
曾受过凶手们的暗害——
"太阳,你控诉的火焰!"

有些凶手坐在城堡里笑,
他们自以为能够藏躲,
他们逃不脱复仇的绞索——
逃不脱红胡子的怒火——

老保姆的这些童话,
听着多么可爱,多么甜!
我的迷信的心在欢呼:
"太阳,你控诉的火焰!"

---

① 日耳曼尼亚,是德国的拟人称呼。

第十五章

一阵细雨淋下来,
冷冰冰像是针尖。
马忧郁地摇着尾巴,
在泥里挣扎,全身流汗。

驿夫吹动他的号角,
我熟悉这古老的角声——
"三个骑士骑马出城门!①"
我觉得恍如梦境。

我昏昏欲睡,我就睡着了,
看啊!最后我梦见
置身于那座奇异的山中,
在红胡子皇帝身边。

他再也不像一座石像

---

① 这是一首流行的民歌,见于德国浪漫派诗人阿尔尼姆与布伦塔诺合编的民歌集《男童的奇异号角》里。

坐在石桌旁的石椅上;
他的外表并不尊严
像人们平日想象的那样。

他蹒跚踱过几座大厅,
东拉西扯和我亲切交谈。
他像一个古董收藏家
把珍品和宝物指给我看。

在武器厅里他向我说明,
人们怎样使用棍棒,
他还把几支剑上的锈
用他的银鼠皮擦光。

他拿来一把孔雀羽扇,
给一些铠甲、一些盔胄,
还给一些尖顶盔,
掸去了上边的尘土。

他同样掸掉旗上的灰尘,
他说:"我最大的骄傲是——
还没有蠹鱼咬烂旗绸,
旗柄也没有被虫蛀蚀。"

当我们来到那座大厅,
几千名战士装备整齐,

都睡倒在那里的地上,
老人说起话来,满心欢喜:

"我们要轻轻地说话走路,
我们不要惊醒这些人;
一百年的岁月又过去了,
今天正是发饷的时辰。"

看啊!皇帝轻悄悄地
走近那些熟睡的兵士,
在他们每个人的衣袋里
偷偷地掖进一块金币。

我惊异地望着他,
他这么说,面带微笑:
"我发给每个人一块金币
作为一个世纪的酬劳。"

马在养马的大厅里
排成长长的静默的行列,
皇帝搓着自己的手,
好像是特别喜悦。

他数着马匹,一匹又一匹,
拍打着它们的肋部;
他数了又数,他嘴唇颤动

以令人可怕的速度。

"这些马还不够用,"
他最后懊丧地说道——
"兵士和武器都已充足,
但马匹还是缺少。

"我派遣出许多马贩子
到全世界四面八方,
他们为我选购良马,
已经有相当大的数量。

"等到马的数目齐全,
我就开战,解放我的祖国
和我的德国的人民,
人民忠诚地期待着我。"

皇帝这样说,我却叫道:
"开战吧,你这老伙计,
开战吧,马匹如果不够,
就用驴子来代替。"

红胡子微笑着回答:
"开战完全不要着急,
罗马不是一天筑成,
好东西都需要时日。

"今天不来,明天一定来到,
栎树都是慢慢地生长,
罗马帝国有一句谚语:
谁走得慢,就走得稳当。①"

① 这句谚语,原诗中用的是意大利文。

第十六章

车子的震荡把我惊醒,
可是眼皮立即又合拢,
我昏昏沉沉地入睡,
又做起红胡子的梦。

我跟他信口攀谈,
走遍有回声的大厅,
他问我这,问我那,
渴望我说给他听。

自从许多年,许多年,
也许是从七年战争,
关于人世间的消息,
他不曾听到一点风声。

他问到摩西·门德尔松,
问到卡尔新,①还很关心

---

① 摩西·门德尔松(1729—1786),德国启蒙时期的哲学家,犹太人,莱辛的朋友。莱辛的戏剧《智者纳坦》的主人公即以他为模特儿。卡尔新(1722—1791),德国女诗人。

问到路易十五的情妇,
杜巴侣伯爵夫人①。

我说,"啊皇帝,你多么落后!
摩西和他的利百加
已经死了许久,他的儿子
亚伯拉罕也长埋地下。

"亚伯拉罕和列亚产生了
名叫费里克斯的小宝贝,
他在基督教会飞黄腾达,
已经是乐队总指挥②。

"老卡尔新也同样去世,
女儿克伦克也已死去,
我想,现在还在人间的
是孙女维廉娜·赤西③。

---

① 杜巴侣伯爵夫人(1741—1793),法王路易十五的情妇。1774年路易十五死后,退出宫廷。法国大革命期间,罗伯斯庇尔下令将她逮捕,在断头台上处死。
② 摩西·门德尔松的妻子本不叫利百加,《圣经·旧约》中,摩西的妻子叫利百加,所以海涅把门德尔松的妻子也称为利百加。门德尔松的第二个儿子叫亚伯拉罕,亚伯拉罕的妻子叫列亚。亚伯拉罕·门德尔松的儿子是音乐家费利克斯·门德尔松·巴托第(1809—1847)。
③ 克伦克(1754—1812),是卡尔新的女儿,女作家,写戏剧和诗歌。维廉娜·赤西(1783—1856),是克伦克的女儿,也是女作家,写小说诗歌,与海涅相识。

"在路易十五统治时期,
杜巴侣活得快乐而放荡,
她已经变得衰老,
当她命丧在规罗亭①上。

"那国王路易十五
在他的床上平安死去,
路易十六却上了规罗亭,
跟王后安托瓦内特在一起②。

"王后完全合乎她的身分,
表现出很大的勇气,
杜巴侣却大哭大喊,
当她在规罗亭上处死。"——

皇帝忽然停住脚步,
他对着我瞠目而视,
他说:"我的老天啊,
什么是规罗亭上处死?"

我解释说:"规罗亭上处死,
是新的方法一种,
不管是什么阶层的人,

---

① 规罗亭就是断头台,因系医生规罗亭(1738—1814)所发明而得名。
② 在法国大革命期间,法国国王路易十六和王后安托瓦内特都被判死刑,于1793年先后在断头台上处死。

都能把他的生命断送。

"人们为了这种方法
制造一种新的机器,
这是规罗亭先生的发明,
机器名称就用他的名字。

"你被捆在一块木板上——
木板下沉——你迅速被推入
两根柱子的中间——
上面吊着一把三角斧——

"绳索一拉,斧子落下来,
这真是快乐而爽利;
在这时刻你的头颅
掉落在一个口袋里。"

皇帝打断了我的话:
"你住嘴,关于你说的机器,
我真是不愿意听,
我起誓不使用这种东西!

"尊严的国王和王后!
在一块木板上捆起!
这真是极大的不敬,
违背一切的礼仪!

"这样亲昵地用'你'称呼我,
你是什么人,竟如此大胆?
你这小子,等着吧,我将要
把你狂妄的翅膀折断!

"当我听你这样说,
怒火在深心里燃烧,
你一呼一吸已经是
叛国罪和大逆不道!"

老人向我咆哮,既无节制,
也不容情,这样愤慨激昂,
这时我也爆发出来
我的最隐秘的思想。

"红胡子先生,"——我大声喊叫——
"你是一个古老的神异,
你去睡你的吧,没有你
我们也将要解救自己。

"共和国人会讥笑我们,
他们若看见我们的首领
是个执权杖戴王冠的鬼魂;
他们会发出刻薄的嘲讽。

"我再也不喜欢你的旗帜,
我对黑红金三色的喜爱,
已经被当年学生社团里
老德意志的呆子们败坏①。

"在这古老的基甫怀舍,
你最好永远待在这里——
我若是把事物仔细思量,
我们根本用不着皇帝"。

---

① 学生社团,是从反拿破仑战争时期起,德国大学生普遍组成的一些团体,第十章说明中提到的威斯特泫伦社团也属于这一类。这些社团的政治倾向是各种各样的,有的从爱国主义演变为狭隘的民族主义,幻想中世纪封建王朝的再现,是很反动的。

第十七章

我在梦里跟皇帝争吵,
当然只能是在梦里——
在清醒状态中我们不能
跟王侯们谈话这样无礼。

只有梦,在理想的梦境,
德国人对他们才敢
说出在忠实的心里
深藏的德国人的意见。

车子驶过一座树林,
我醒过来,看到路旁的树,
看到赤裸裸枯燥的现实,
我的梦境都被驱除。

栎树严肃地摇摆头顶,
白桦和白桦的树枝
点着头向我警告——我说:
"饶恕我,我高贵的皇帝!

"红胡子,饶恕我急不择言!
我知道,你比我更为明智,
我是这样缺少耐性——
可是快点来吧,我的皇帝!

"你若觉得规罗亭不如意,
那就还用老的方式:
用剑杀贵族,用绳把市民
和穿粗布衣的农民绞死。

"但有时也可以掉换,
用绳索吊死贵族,
砍一砍市民和农民的头,
我们本都是神的创造物。

"查理五世的刑事法庭①,
你把它重新建立,
你再把人民划分
按照行会、行帮和等级。

"古老的神圣罗马帝国②,

---

① 神圣罗马帝国的皇帝查理五世在 1532 年颁布刑事法规,是德国的第一部法典。
② 德意志民族的神圣罗马帝国,建立于 962 年,到了 17 世纪已名存实亡,逐渐解体,1806 年宣告结束。

你重新恢复它的全体,
给回我们最腐朽的废物,
连同它那一切的把戏。

"不管怎样,中世纪在过去
曾真实存在,我甘心容忍——
只要你把我们解救
脱离半阴半阳的两性人,

"脱离那冒牌的骑士队伍①,
这个混合物令人作呕,
中古的妄想与现代的骗局,
它不是鱼,也不是肉。

"赶走那帮流氓小丑,
把那些戏园子都关闭,
他们在那里效仿远古——
你快点来吧,啊皇帝!"

---

① 指普鲁士。

第十八章

明登是一座坚固的城堡,
有优良的防御和武器!
可是跟普鲁士的堡垒
我不愿有任何关系。

在晚间我到达这里。
吊桥板这样可怕地呻吟,
当我们的车从桥上驶过;
阴暗的壕沟要张嘴吞人。

高高的棱堡凝视着我,
这样威胁,这样恼怒;
宽大的城门哗喇喇打开,
随后又哗喇喇地关住。

啊!我的灵魂变得忧郁,

像是奥德修斯的灵魂①,
当他听到波吕斐摩斯
推岩石堵住了洞门。

一个小军官走到车旁,
来查问我们的名姓。
"我叫做'乌有',是眼科医生,
给巨人们拨除白内障病。"

在旅馆里我的情绪更坏,
饭菜我觉得索然无味,
我立即去睡,可是睡不着,
身上压着沉重的厚被。

是一套宽大的羽毛被褥,
床帐用的是红色绫缎,
金黄的帐顶褪了颜色,
还挂着肮脏的帐穗一串。

该诅咒的穗子!一整夜
剥夺我可爱的安眠!
它威胁着悬在我的头上

---

① 奥德修斯被独眼巨人波吕斐摩斯用石头堵闭在山洞里。奥德修斯自称"乌有",把喝醉了酒的巨人的独眼刺瞎,得以脱逃。

像达摩克利斯的宝剑①。

屡次好像有一个蛇头,
我听它暗地里嗞叫:
"你现在永远陷身堡垒,
你再也不能逃掉!"

"啊,但愿我,"——我叹息说——
"但愿我是在家里,
在巴黎的鱼市郊区②
跟我的爱妻在一起!"

我觉得屡次也有些东西
抚摩着我的前额,
有如检查官冷酷的手
使我的思想退缩——

宪兵们,全身裹着尸布,
乱糟糟一群白衣的鬼魂
包围了我的床,我也听到
阴森森镣铐的声音。

---

① 公元前4世纪,西西里岛上的暴君狄奥尼修斯召宴佞臣达摩克利斯,在他头上用马尾悬挂一把锋利的宝剑。所谓"达摩克利斯的宝剑"已成为谚语,意指幸福中永远有危险威胁着。
② 巴黎的鱼市区,海涅于1841至1846年住在这里。

啊！鬼魂们把我拽走，
最后他们把我拽到
一座陡峭的岩壁，
在岩壁上他们把我捆牢。

罪恶的肮脏的帐顶穗子！
我又同样看见它在动摇，
可是它这时像一只秃鹫，
有利爪和黑色的羽毛。

它这时像普鲁士的鹰，
它抓牢了我的身体，
从我的胸怀里啄食肝脏，
我又呻吟又哀泣。

我哀泣许久——鸡叫了，
这场噩梦也就消退。
在明登汗水湿透的床上，
老鹰又变成了帐穗。

坐着特快驿车继续旅行，
我在毕克堡①的土地上，
在外边自由的大自然里，
呼吸才感到自由舒畅。

---

① 毕克堡，当时的一个小公国。

第十九章

噢,丹东,你犯了大错误,
你必须为这错误受罚!
人们能带走他的祖国
在脚上,在鞋底下。①

半个毕克堡公国的领土
都在我的靴子上黏住;
我生平还从未见过
这样发黏的道路。

我在毕克堡城一度下车,
为了看一看祖先的故乡,
我的祖父在那里出生,
祖母却是在汉堡生长。

中午我到达汉诺威,

---

① 丹东(1759—1794),法国资产阶级革命时期的政治家,属于雅各宾派右翼,后被罗伯斯庇尔处死。当有人劝他逃亡时,他说,人们不能把祖国系在鞋底上带走。

我叫人把我的靴子擦净。
我立即出去观看市容，
我要充分利用这次旅行。

我的上帝！这里真是清洁！
街巷里没有粪便。
我看见许多华丽的建筑，
一大片令人惊叹。

我特别喜欢一个大广场，
四周围是堂皇的屋宇；
那儿住着国王，他的王宫，
外表是十分美丽。

（就是这王宫）——在正门前
一边有一个卫兵岗，
红军服扛着火枪在守卫，
既威风凛凛，又是粗犷。

我的向导说："这里住着
托利党老领袖，是个贵族，
虽然老了，却身强力壮，
名叫恩斯特·奥古斯图①。

---

① 恩斯特·奥古斯图(1771—1851)，英王乔治三世的儿子，是英国托利党（即后来的保守党）领袖，从 1837 年充当汉诺威国王。由于王位的关系，从 1714 年至 19 世纪中叶，汉诺威曾与英国联合。

"他住在这里,幽静而安全,
我们许多亲爱的相识
都小心翼翼地保护他,
胜过一切的卫士。

"我有时看见他,他就诉苦,
这职位是多么无聊乏味,
如今他为了这个王位
在汉诺威这里受罪。

"他惯于大不列颠的生活,
这里他觉得太狭窄太闷,
忧郁折磨他,他几乎担心
有朝一日他会悬梁自尽。

"前天早晨我看见他,
他悲哀地蜷曲在壁炉旁;
他亲自给他的病狗
煮一服洗肠子的药汤。"①

---

① 这篇长诗印成单行本时,汉堡的书报检查官把这一章从第5节至最后一节都删去了。

第 二 十 章

从哈尔堡乘车到汉堡①
走了一小时。已经是晚间。
天上的星辰向我致意,
空气温和而新鲜。

当我走到我的母亲面前,
她快乐得几乎大吃一惊;
"我的亲爱的孩子!"
她拍着双手发出喊声。

"我亲爱的孩子,这中间
大约有十三年过去!
你一定肚子很饿了,
告诉我,你要吃什么东西?

"我有鱼还有鹅肉,
也有甜美的橘子。"

---

① 哈尔堡在汉堡附近。汉堡是作者这次旅行最后的目的地。

"就给我鱼和鹅肉,
也给我甜美的橘子。"

我吃饭时胃口很好,
母亲是幸福而欢喜,
她问我这个,问我那个,
也有些难以回答的问题。

"我亲爱的孩子!你在外国,
可也有人小心照料你?
你的妻子可会操持家务,
给你织补袜子和衬衣?"

"鱼很好吃,亲爱的妈妈,
可是吃鱼时不要说话,
鱼刺容易扎在嗓子里,
这时你不要打扰我吧。"

当我把好吃的鱼吃完,
端上来了鹅肉一份。
母亲又是问这个,问那个,
也有些难以回答的发问。

"我亲爱的孩子!在哪一国
能够生活得最好最美?
德国还是法国?哪个民族

在你心中占优越的地位?"

"德国的鹅肉做得不错,
亲爱的妈妈,可是在法国
他们有更好的香料汁,
他们比我们更会填鹅。"

当鹅肉正在告辞,
橘子又出来款待,
味道是这样甜美,
完全是出乎意外。

但是母亲又开始
很快乐地提出问题,
问到千百件事物,
甚至问到很麻烦的事体。

"我亲爱的孩子!你怎么想?
你是否还总是由于偏爱
搞政治活动?你怀着信念
隶属于哪个党派?"

"这些橘子都很好,
亲爱的妈妈,我真欢喜,
我吞食它甜美的浆汁,
却抛弃它的外皮。"

第二十一章

这座城,大火烧去了一半,
又渐渐地重新修建;
汉堡像一个鬈毛狗
剪去半身毛,十分凄惨。

有些街巷全部消失,
我真是不胜惋惜——
我第一次吻我爱人的
那座房屋又在哪里?

哪里是那印刷所,
那儿印过我的《旅行记》?
哪里是牡蛎酒馆,
那儿我吃过新鲜的牡蛎?

德累克瓦尔街,哪里去了①?

---

① 德累克瓦尔,汉堡街名,当时许多犹太人在那里居住,重建后改名为旧瓦尔街。

这条街我难以找寻!
哪里是那座园亭,
那儿我吃过多样的点心?

哪里是市政厅,在那儿
元老院①和议会发号施令?
都毁于火焰!火焰也不曾
饶恕最崇高的神圣。

人们还为了恐惧叹息,
他们都面容忧戚,
向我述说这一场
大火灾可怕的历史:

"人们只看见浓烟和火焰,
四面八方都同时燃烧!
教堂的塔顶也烈火熊熊,
随后轰然一声塌倒。

"古老的交易所也烧毁了,
我们的祖辈在那儿出入,
他们几百年互相交往,
做买卖尽可能以诚相处。

---

① 元老院,是汉堡的最高行政机构。

"银行,这座城的银灵魂,
它的账簿里——记载
每个人的银行币值,
感谢上帝!这都没有遭灾!

"感谢上帝!人们为此募捐
甚至向最辽远的民族——
一笔好生意——捐款总计
大约有八百万的数目。

"(救助金保管人是真正的
基督教徒和善男信女——
他们左手从来不知道
有多少是右手拿去)。①

"钱从一切的国家
流入我们张开的手里,
我们也接受食物,
不拒绝任何施予。

"人们送来面包、肉和汤,
足够的衣服和床被!
普鲁士国王甚至要

---

① 这一节在发表时删去,是根据手稿补上的。

给我们派来他的军队①。

"物质的损失得到补偿,
这方面并不难估计——
可是我们的恐惧心情
是谁也不能代替!"

我鼓励着说:"亲爱的人们,
你们不要哀泣,不要哭号,
特洛亚是个更好的城,
也遭到烈火的焚烧②。

"重新建筑你们的房屋,
淘干你们的污水坑,
你们制定更好的法律,
置办更好的灭火唧筒。

"不要过多把卡晏胡椒粉
撒入你们假的元鱼汤③,
你们煮鲤鱼这样油腻,

---

① 大火灾后,普鲁士国王曾派来军队,以协助维持秩序为名,扩大普鲁士的势力。
② 特洛亚,小亚细亚西北角的一个城市,在特洛亚战争(前1194—前1184)中,希腊人攻破后,被焚烧。
③ 卡晏是拉丁美洲法属圭亚那的首府,产胡椒。假元鱼汤系用牛犊的头制成。

不去鱼鳞,这也不健康。

"火鸡对你们害处不多,
可是要提防那种诡计,
有一只鸟把它的卵
下在市长的假发里。① ——

"谁是这只讨厌的鸟,
我用不着向你们说明——
我一想到它,我吃的东西
就在我的胃里翻腾。②"

---

① 这鸟指的是普鲁士国徽上的鹰。普鲁士曾企图使汉堡加入关税同盟。
② 汉堡是一个自由城,资本主义比较发达,当时它也没有参加以普鲁士为首的关税同盟(它是直到1888年才参加的)。海涅和汉堡有较为密切的关系,他的叔父所罗门·海涅(1767—1844)住在这里。所罗门·海涅是一个银行家,对海涅有过长期的经济资助。海涅在青年时期(1816—1818)在这里住过,此后还经常来到这里。汉堡在1842年5月经过一场大火灾,作者在这一章里描述了汉堡市民在火灾后的恐惧心理和不安情绪,也揭发了一些伪善者借着募捐谋利,中饱自己的私囊,并提出警告,要提防普鲁士在汉堡困难时期施展阴谋。

第二十二章

比这座城变化更多的,
我觉得是这里的人,
他们像走动着的废墟,
心情忧郁,意气消沉。

如今那些瘦子更瘦了,
胖子有了更肥的躯体,
孩子们都长大了,大部分
老年人变得有孩子气。

我离开时有些人是小犊,
如今再见已成为壮牛;
有些小鹅变成了蠢鹅,
还自负她们的羽毛娟秀。

老顾德尔涂脂抹粉,

打扮得像个勾魂鸟;①
戴上了乌黑的假鬈发,
白牙齿发光闪照。

最善于保养的是
我的朋友,那个纸商;
外表像施洗礼的约翰,②
头发变黄了,披在头上。

我只从远处看见某某,
他急速溜过我的身边;
我听说,他的灵魂烧掉了,
他在比伯尔公司保过险。③

我又看见我的老检查官④,
在浓雾中,他弯着腰,
在鹅市场上碰到我,
他好像非常潦倒。

---

① 顾德尔,当时汉堡的一个妓女。勾魂鸟,希腊神话中的女妖,名西勒内,女人的面貌,鸟的身体,在海岛上用歌声诱引航海者,吸吮人的血液。
② 纸商名米哈艾里斯(1771—1847),在法军占领汉堡时期,他为地方做过一些工作,海涅对他有好感。约翰是耶稣的门徒之一,但是耶稣是从约旦河接受洗礼的,见《新约·马太福音》第三章。
③ 某某,指海涅叔父的女婿哈雷。比伯尔保险公司在大火灾后宣告破产。
④ 老检查官霍夫曼(1790—1871)在1822至1848年间在汉堡任书报检查官。

我们彼此握一握手,
他眼里浮动着一颗泪珠。
又看见我,他多么高兴!
这是感人的一幕。——

我不是人人都看到,
有些人已经死去,
啊!甚至我的龚佩里诺①
我们再也不能相遇。

伟大的灵魂刚刚脱离了
这个高贵的人的躯体,
他翱翔在耶和华②宝座旁
成为光辉的颂神天使。

我到处寻找不到
那伛偻的阿多尼斯③,
他在汉堡的街巷兜售
瓷制的夜壶和茶具。

(小麦耶尔是否还活着,
我实在不能说清,

---

① 龚佩里诺,指海涅叔父的朋友银行家龚佩尔,他在海涅在汉堡时死去。
② 犹太教称上帝为耶和华。
③ 伛偻的阿多尼斯,指在汉堡沿街兜揽生意的一个小贩,他形貌丑陋,作者用希腊神话中的美少年阿多尼斯称呼他。

我没看见他,我却又忘记
在柯耐特那里打听。①)

萨拉斯②,那忠诚的鬈毛狗,
也死了,这个损失真大!
我敢说,康培宁愿为它
失去了六十个作家——

有史以来,汉堡的居民
就由犹太人、基督徒构成:
就是那些基督教徒
也常常吝于赠送。

基督教徒都相当好,
他们的午餐也不错,
他们支付票据都准时,
最后的期限决不超过。

犹太人又分裂为
两个不同的党派,
老一派去犹太教堂,

---

① 这一节在发表时删去,是根据手稿补上的。小麦耶尔(1788—1859),汉堡作家兼戏剧评论家。柯耐特(1794—1860),歌唱家,于1841至1847年间任汉堡剧院经理。
② 萨拉斯是汉堡出版家尤利乌斯·康培(1792—1867)心爱的猎犬。海涅的著作绝大部分都是由康培出版的。

新一派在庙里膜拜①。

新派的人吃猪肉,
他们都善于反抗,
他们是民主主义者;
老派却更有贵族相。

我爱旧派,我也爱新派——
我却凭永恒之神声明,
我更爱某些鱼儿,
熏鲱是它们的名称。

---

① 从1816年起,汉堡的犹太人分为两派,海涅曾长期倾向新的改革派。

第二十三章

作为共和国,汉堡从不曾
像威尼斯、佛罗伦萨那样大,
可是汉堡有更好的牡蛎;
烹调最美,是罗伦茨酒家。①

是一个美丽的傍晚,
我和康培走到那里,
我们要共同饱尝
莱茵美酒和牡蛎。

那里也遇到良朋好友,
一些旧伙伴,例如舒菲皮②,
我又高兴地看到;
也还有一些新兄弟。

---

① 意大利的威尼斯和佛罗伦萨,都是在中世纪封建时代成立的城市共和国;汉堡也是个自由城,与意大利城市共和国性质相近。罗伦茨酒家,是汉堡当时著名的饭馆。
② 舒菲皮(1801—1856),汉堡的医生。

那是威勒①,他的脸
是个纪念册,在纪念册里
大学里的敌人们用剑痕
清清楚楚地签了名字。

那是福克斯,是热狂的
异教徒,耶和华的私敌,
他只信仰黑格尔,还信仰
卡诺瓦雕刻的维纳斯。②

康培欢欢喜喜地微笑,
他是慷慨的东道主③,
他的眼睛放射着幸福
像一个光辉的圣母。

我吃着喝着,胃口很好,
我在我的心里思忖:

---

① 威勒(1811—1896),一种文学杂志的编辑,面上带有在大学时与人比剑留下的伤痕。
② 福克斯(1812—1856),在汉堡当过教师,研究哲学,思想激进。卡诺瓦(1757—1822),意大利雕刻家,雕有爱神维纳斯像。
③ "慷慨的东道主",原文是安菲特里翁(Amphitryo),莫里哀喜剧《安菲特里昂》中的主人公,是个慷慨好义的主人。从1826年起,一直到海涅逝世,海涅的著作都是由尤利乌斯·康培印行。海涅与康培之间,关于稿费、书报检查、删改、装订等问题,有过不少纷争。但是海涅和康培总是保持较好的关系,因为海涅认为,别的出版商会比康培坏得多,而且康培具有专长,善于发行禁书,从1835年起,海涅的著作,在德国各邦是被禁止的。

"康培是出版界的精华,
他真是一个伟大的人。

"要是另一个出版商,
也许会让我活活饿死,
但是他甚至请我喝酒;
我永远不把他抛弃。

"我感谢天上的创世主,
他创造了葡萄酒浆,
还让尤利乌斯·康培
成为我的出版商。

"我感谢天上的创世主,
通过他伟大的'要有'①
海里他创造了牡蛎,
地上创造了葡萄酒!

"他也让柠檬生长,
用柠檬汁浸润牡蛎——
主啊,于是让我在这夜里
好好消化吃下的东西!"

莱茵酒引起我的温情,

---

① "要有",见《旧约·创世记》第一章:"神说,要有光,就有了光。"

解脱我胸中的任何困扰,
它在我的胸怀里
又燃起人间爱的需要。

它驱使我走出房屋,
我在街上绕来绕去;
我的灵魂寻找一个灵魂,
窥伺温存的白衣妇女。

在这些瞬间我不能自主,
为了渴望,为了烦闷;
我觉得猫儿都是灰色的,
女人们都是海伦①——

当我来到得勒班街②,
我在闪烁的月光里
看见一个庄严的女人,
一个胸膛隆起的妇女。

她的圆面庞十分健康,
土耳其蓝玉像她的双瞳,
面颊像玫瑰,嘴像樱桃,

---

① 海伦,古希腊美女。海涅在这里是模拟歌德《浮士德第 1 部·魔女之厨》中的最后两行诗:"只要你一把这种药汤吞饮,任何女子你都要看成海伦。"
② 得勒班街是汉堡的一条街,那里麋集着妓女。

鼻子也有些微红。

头上戴着白亚麻的小帽,
浆洗得硬挺而净洁,
叠褶得像一顶城徽冠冕,
有小城楼和齿形的城堞①。

她穿着罗马式的白上衣,
一直下垂到小腿肚,
多么美的腿肚啊!两只脚
像两根多利式的脚柱②。

那些最世俗的天性,
能够从面貌上看出;
可是一种更高的本质
从超乎常人的臀部流露。

她走近我对我说:
"十三年的别离以后,
在易北河边欢迎你——
我看,你还是依然如旧!

"在这个美好的地方,

---

① 指汉堡城徽的图形。
② 多利式,是古希腊多利族人的建筑风格,石柱简单朴素。

你也许在寻找那些美女,
她们常常与你相逢,
热狂地和你通宵欢聚。

"生活,多头蛇的怪物①,
已经把她们吞咽;
你不能再看见往日
和往日的那些女伴!

"被青春的心神化了的
娇美的花朵,你不能再见;
花朵曾经在这里盛开——
如今枯萎了,被狂风吹散。

"枯萎、吹散,甚至践踏
在粗暴的命运的脚底——
我的朋友,这是世界上
一切美好事物的遭遇。"

我喊道:"你是谁?你望着我
像往日的一个梦境——
你住在哪儿,高大的妇女?
我可否伴你同行?"

---

① 希腊神话中的长着九个头的怪蛇。原文是"百头的怪蛇"。

那女人微笑着说：
"你错了，我是一个温文、
正派、有德行的淑女，
你错了，我不是那样的人。

"我不是那样的一个姑娘，
那样南方的罗勒特女人①——
要知道：我是汉莫尼亚，
是汉堡的守护女神！

"你一向是勇敢的歌手，
你却惊呆，甚至恐怖！
你现在还要伴我同行吗？
好吧，你就不要踌躇。"

但是我大笑着喊道：
"我立即跟着你去——
你走在前，我跟在后，
哪怕是走入地狱！"

---

① 罗勒特女人，指法国的妓女。罗勒特，巴黎地名。

第二十四章

我不能说明,我是怎样
走上门洞里狭窄的楼梯;
也许是看不见的精灵们
把我给抬了上去。

在汉莫尼亚的小屋子里,
我的时间过得很迅速,
这女神对我永抱同情,
她这样向我倾诉。

她说,"你看,在往日
我最器重那位诗人①,
他曾经歌颂救世主,
弹奏他虔诚的诗琴。

"如今在柜橱上还摆着

---

① 指德国诗人克洛普施托克(1724—1803),著有宗教叙事诗《救世主》,他在 1770 至 1803 年住在汉堡。

克洛普施托克的半身像,
可是我多年来只把它
当作帽架在那儿安放。

"现在你是我宠爱的人,
在床头挂着你的画像;
你看,新鲜的月桂围绕着
这可爱的画像的相框。

"只是你对我的儿子们
常常苛责,我必须说清,
这有时太使我伤心;
这样的事再也不要发生。

"但愿时间已经治好
你这种恶劣的作风,
即使对待呆子们
也要有较大的宽容。

"告诉我说,你怎么会想起,
在这季节旅行到北方?
你看这样的天气
已经是冬天的景象!"

"噢,我的女神!"——我回答说——
"思想在人心深处睡眠,

它们常常醒过来
在不适当的时间。

"我表面上过得相当好,
但内心里却是忧闷,
这忧闷天天增长——
我被乡愁所围困。

"一向轻快的法国空气,
渐渐使我感到压抑;
我必须在德国这里
呼吸空气,免于窒息。

"我渴望泥炭的气味,
和德国的烟草气息;
我的脚因为焦急而颤动,
要踏上德国的土地。

"我夜里叹息,我渴望
能够再看见她们,
那住在堤门旁的老妇,
小绿蒂住在附近①。

――――〰〰〰――――

① 老妇指海涅的母亲;小绿蒂指海涅的妹妹夏绿蒂·恩普登。

"还有那位高贵的老先生①,
他责骂我总是很严厉,
爱护我又总是宽宏大度,
为了他,我也时常叹息。

"我要从他口里再听到
那句话'糊涂的年轻人!'
这总是像音乐一般
在我的心里留下余韵。

"我渴望一缕青烟②
从德国的烟囱里升起,
渴望下撒克逊的夜莺,
渴望山毛榉林的静寂。

"我甚至渴望那些地方,
渴望那些受难的地点,
那里我曳着青春十字架,
戴着我荆棘的冠冕③。

"那里我曾经痛哭流泪,

---

① 老先生指海涅的叔父所罗门·海涅。
② 荷马《奥德赛》第一章记载,奥德修斯在海上漂流中渴望,只要看到一次炊烟从故乡的山丘上升起,然后再死去。
③ 指海涅在青年时期在汉堡所经历的爱情的痛苦。耶稣被钉在十字架上以前,背着十字架,头戴荆冠,路上经过十二个地点,受到折磨。

我要在那儿再哭一场——
我相信,人们用热爱祖国
来称呼这痴情的渴望。

"我不喜欢这样说;
其实那只是一种宿疾,
我永远怀着害羞的心情,
对众人把我的创伤隐蔽。

"讨厌的是那些流氓,
他们为了感动人的心肠,
炫耀他们的爱国主义,
用他们所有的脓疮。

"那是些卑鄙无耻的乞丐,
他们想望的是布施赈金——
施舍一分钱的声望吧,
给门采尔和施瓦本人!

"噢,我的女神,你今天
看我有感伤的情绪;
我有些病,我却自加调护,
我不久就会痊愈。

"是的,我有病,你能够
使我的灵魂清爽,

用满满的一杯茶；

茶里要掺入甘蔗酒浆①。"

---

① 甘蔗酒,是用甘蔗酿的一种烧酒,一般掺在茶里喝。

第二十五章

女神给我煮好了茶,
茶里注入了甘蔗酒;
但她自己却不喝茶,
只单独把蔗酒享受。

她的头靠近我的肩膀,
(城徽冠冕,那顶小帽
因而也有些折损),
她谈话用温柔的语调。

"我时常担惊害怕地想到,
你住在伤风败俗的巴黎,
这样完全无人照管,
在轻佻的法国人那里。

"你在那里游荡,在你身边
一个德国出版商也没有,
他忠实地告诫你,引导你,
充当你的良师益友。

"那里,诱惑是如此强大,
迷人的风姨①如此众多,
她们有害健康,人们
太容易失去心境的平和。

"留在我们这里,不要回去;
这里支配着纪律和道德,
这里就是在我们中间
也盛行一些幽静的娱乐。

"留在我们德国,如今这里
比过去更适合你的口味;
我们在进步,这种进步
你一定亲自有所体会。

"书报检查也不再严格,
霍夫曼变得又老又温和,
他不再删削你的《旅行记》
怀着青年人的怒火。

"如今你也老了,变得温和,
你将适应于一些事物,

---

① 风姨,原文是希腊神话中风的女精灵西尔菲德,这里指轻狂漂亮的女子。

你甚至对于过去
也会用较好的眼光回顾。

"是的,说我们过去在德国
过得那样可怕,这是夸张;
人们能用自杀逃脱奴役,
像曾经在古罗马那样。①

"人民享受思想自由,
自由是为了广大的人群,
只有少数人受到限制,
那是些写书印书的人。

"从不曾有过枉法的专制,
就是最恶劣的煽动犯,
若没有法庭的宣判,
也不褫夺他的公民权。

"虽然有种种的时代苦难,
德国并不曾那样坏过——
相信我,在德国的牢狱里
不曾有过一个人死于饥饿。

"这么多美好的现象

---

① 参看本书第十一章第十节。

表现出信仰和温情,
都曾经在过去的时代发扬;
如今到处只是怀疑和否定。

"实用的、表面的自由
将会有一天把理想消灭,
理想在我们的胸怀里——
像百合梦一般地纯洁!

"我们美丽的诗也正在消逝,
它有一些已经消亡,
跟着其他的国王死去的
有弗莱利希拉特的摩尔王。①

"儿孙将要吃得饱喝得够,
可是难得有沉思的寂静;
乱哄哄上演一场闹剧,
从此结束了牧歌的幽情。

"噢,你若是能够保守秘密,
我就把命运书给你打开,
我让你在我的魔镜里,
看一看将来的时代。

~~~~~~~~~~~~~~

① 弗莱利希拉特的诗《摩尔王》叙述一个黑人的首领战败,被胜利者卖给白人奴役的故事。

"我从未向世人宣示的,
我愿意宣示给你:
你的祖国的未来——
啊!只怕你不能保密!"

"啊女神!"——我兴奋地喊叫——
"这会是我的最大的欢喜,
让我看到将来的德国——
我坚守信用,保守秘密。

"我愿向你立下任何誓言,
无论你要求什么方式,
向你做保守秘密的保证——
告我说,我应该怎样发誓!"

可是她回答:"向我发誓
用亚伯拉罕的方式去做,
像他叫埃利赛发誓那样,
当埃利赛起程的时刻。①

"掀起我的衣裳,把你的手
放在我这里的大腿下,
向我发誓你永远保守秘密,

---

① 《旧约·创世记》第二十四章;亚伯拉罕对他的老仆说:"你当放手在我腿底下,我要你指着主天地的神起誓。"埃利赛是仆人的名字。

无论是写作还是说话!"

一个严肃的瞬间!好像是
远古的微风向我吹拂,
当我按古老的族长习惯
向女神立下誓言的时刻。

我掀起女神的衣裳,
把手放在她的大腿下,
我发誓要永远保密,
无论是写作还是说话。

第二十六章

女神的两颊这样发红,
(我想,她喝下的甘蔗酒
升上了头),她向我说,
她说话的语调十分忧愁。

"我老了,我降生在
汉堡初建的时候,
母亲是大头鱼女王,
在这里的易北河口。

"父亲是一个伟大的君主,
名叫卡罗鲁斯·麦努斯①,
比普鲁士的腓特烈大王
更为聪明,更有威力。

"他登基加冕时坐过的

---

① 卡罗鲁斯·麦努斯,即查理曼大帝,参看本书第十一页第三章注①。查理曼大帝在九世纪初在易北河畔建立了城堡。

那把交椅,现在还在亚琛;
他夜里休息的那个椅子,
遗留给善良的母亲。

"母亲把椅子又传给我,
这家具外表粗陋,
可是洛特希尔①拿出他的
全部金钱,我也不肯出售。

"你看,一把旧椅子
安放在那个角落,
椅背的皮革已经撕开,
坐垫也被蠹虫咬破。

"你走去,你从椅子上
掀起来那个坐垫,
你就看见一个圆洞口,
一口锅在圆洞下边——

"那是一口魔术锅,
种种魔力在锅里沸腾,
把你的头伸入圆洞,
你就看得见将来的情形——

---

① 洛特希尔(1743—1812),德国大银行家,他的儿子们在伦敦、巴黎、维也纳都设有分行。洛特希尔家族在19世纪完全掌握国家信贷,有很大的政治影响。

"这里你看见德国的将来
有如波涛滚滚的幻境,
但不要悚惧,如果有毒气
从混沌的锅里上升!"

她边说边笑,笑得很离奇,
但是我并没有被她吓住,
我好奇地跑了过去,
把头向可怕的圆洞伸入。

我看见了什么,我不泄露,
因为我已经宣誓保密,
我几乎说不出来,
啊上帝!我嗅到什么气息!——

我想起那使人作呕的
一开场的乌烟瘴气,
便是满怀厌恶,好像是
烂白菜、臭牛皮煮在一起。

随后升起的那些气味,
它们真是可怕,啊上帝!
好像是有人扫除粪便

从三十六个粪坑里①——

我领会,从前圣鞠斯特
在公安委员会里说过②:
不能用玫瑰油和麝香
治疗人的重病沉疴——

可是这德国将来的气息,
超过我的鼻子任何时候
所感受到的一切事物——
我不能更长久地忍受——

我一阵昏迷不醒,
当我又把眼睛睁开,
我仍然坐在女神的身边,
头靠着她宽阔的胸怀。

她的眼闪光,她的嘴发热,
她鼻孔颤动,她如醉如狂,
把诗人拥抱在怀里,
用粗野可怕的热狂歌唱:

---

① 指德意志联邦的三十六邦。
② 圣鞠斯特(1767—1794),法国资产阶级革命时期的革命家,属于雅各宾派。雅各宾派掌握政权时(1793—1794),公安委员会是最高的行政机构。

"在屠勒有一个国王,
他有个视如至宝的酒杯,
每逢他用这酒杯饮酒,
他的眼里就流出泪水。①

"于是他起了一些意图,
这意图几乎难以揣度,
于是他逞才能,发指令,
我的孩子,要把你追捕。

"你不要到北方去,
要提防屠勒国王的迫害,
提防宪兵和警察,
提防全体的历史学派②。

"留在汉堡陪伴我,我爱你,
我们要享受现在,
我们喝美酒,吃牡蛎,
忘却那黑暗的将来。

---

① 此节和以下两节在发表时删去,这是根据手稿补上的,屠勒是北欧传说中最北方的一个岛国。这三节中的第一节的内容也见于歌德《浮士德第一部·傍晚》一场。作者在这里用屠勒国王指普鲁士国王。
② 历史学派,指当时在柏林以萨维尼(1779—1861)和爱西霍恩(1781—1854)为代表的法学派别,这学派与18世纪的启蒙思想相对抗,被复古的反动势力所欢迎。马克思在《黑格尔法哲学批判导言》里说:"有个学派以昨天的卑鄙行为来为今天的卑鄙行为进行辩护,……这个法的历史学派本身如果不是德国历史的产物,那它就是杜撰了德国的历史。"(《马克思恩格斯全集》1卷,454页)

"把盖子盖上！不要让秽气
污染我们欢悦的心——
我爱你，像任何一个女子
爱一个德国的诗人！

"我吻你，我感觉到
你的天才使我兴奋，
一种奇异的陶醉
控制着我的灵魂。

"我觉得，我好像听到
守夜的更夫歌唱在街头——
那是些祝贺新婚的歌曲，
我的甜蜜的快活朋友！

"如今骑马的仆役也来到，
举着熊熊的火把辉煌，
他们庄严地跳着火把舞，
他们跳着，蹦着，摇摇晃晃。

"来了德高望重的元老院，
来了元老院中的长老！
市长嗽了嗽喉咙，
他要宣读一篇讲演稿。

"穿着光华灿烂的制服
出现了外交官的团体；
他们以邻邦的名义
有所保留地来贺喜。

"犹太僧侣和基督教牧师，
宗教界的代表都来到——
可是啊，霍夫曼也来了
带着他检查官的剪刀。

"剪刀在他手里嚓嚓地响，
这粗暴的家伙步步挪近
你的身体——看准上好地方，
狠狠地向肉里扎进。"

第二十七章

后来在那离奇的夜里
有什么事继续发生,
等到在温暖的夏日
我再一次说给你们听。

伪善的老一代在消逝。
如今啊,要谢谢上帝,
它渐渐地沉入坟墓,
它害着说谎病死去。

新的一代正在生长,
完全没有矫饰和罪孽,
有自由思想,自由的快乐——
我要向它宣告一切。

那样的青年已经萌芽,
他们了解诗人的豪情善意,
从诗人的心头取得温暖,
从诗人太阳般的情绪。

我的心像光一样地爱，
像火一样地净洁纯真，
最高贵的优美女神①
给我的琴弦调好了音。

这是我的师父在当年
弹奏过的同样一张琴，
师父是文艺女神的宠儿，
是已故的阿里斯托芬。

就是那张琴，他弹奏着
歌唱珀斯忒泰洛斯，
歌唱他向巴西勒亚求婚，
他和她向高空飞去。②

在前一章我曾经尝试
模仿一下《鸟》的最后一幕，
《鸟》在师父的戏剧中
的确是最好的一部。

《蛙》那部戏也很出色。
如今在柏林的舞台

---

① 三个优美女神在罗马神话中称为格拉琴。
② 阿里斯托芬的喜剧《鸟》的最后一场歌颂了"云中鹁鸪国"的创立者珀斯忒泰洛斯与宙斯的女儿巴西勒亚的婚礼。

用德文的译本上演,
供国王取乐称快。①

国王爱这部戏。这证明
他有良好的古典嗜好;
老国王却更加爱听
现代的蛙的聒噪。②

国王爱这部戏,可是
倘若作者还在人世,
我就不会劝告他
亲身去到普鲁士。

现实的阿里斯托芬,
这可怜的人就要受罪,
我们将要立即看见
陪伴他的是宪兵合唱队③。

流氓们立即得到准许,
对他不是奉承,却是谩骂;
警察们也接受命令,

---

① 《蛙》是阿里斯托芬的另一部喜剧。在1843至1844年的冬季曾在柏林上演。
② "老国王"指普鲁士国王的父亲威廉三世。
③ 古希腊的悲剧和喜剧一般在表演过程中都穿插有合唱队的合唱。这里指的是被普鲁士的宪兵逮捕。

把这高贵的人追拿。

啊国王！我对你抱有善意，
我要给你一个建议：
死去的诗人，要尊敬，
可是活着的，也要爱惜。

不要得罪活着的诗人，
他们有武器和烈火，
比天神的闪电还凶猛，
天神闪电本是诗人的创作。

可以得罪新的神、旧的神，
得罪奥林波斯①的匪群，
再加上最崇高的耶和华——
只不要得罪诗人！

神对于人间的罪行，
自然有严厉的惩罚，
地狱的火是相当地热，
那里人们必须炖，必须炸——

可是有些圣者从烈火中
拯救罪人，衷心祷告；

---

① 奥林波斯是希腊神话中群神居住的山名。

通过教堂布施、追忆弥撒,
也取得一种神效。

在世界末日基督降临,
他打破地狱的门口;
他纵使进行严厉的审判,
也会有一些家伙溜走。

可是有些地狱,不可能
从它们拘禁中得到解放;
祈祷没有用,救世主宽赦
在这里也没有力量。

难道你不知但丁的地狱,
那令人悚惧的三行诗体?[①]
再也没有神能把他救出,
他若被诗人关了进去——

从来没有神,没有救世主
把他从歌唱的烈火解救!
你要当心,不要使我们
把你向这样的地狱诅咒。

---

① 指意大利诗人但丁(1265—1321)名著《神曲》第一部《地狱篇》。《神曲》全诗韵脚都以三行交错,故称三行诗体。

附 录 一

给卡尔·马克思的一封信

汉堡,1844 年 9 月 21 日

最亲爱的马克思!

我又患我那讨厌的眼病,我只能很费劲地给你涂写这几行信。这中间,我要告诉你的重要事,我将在下月初口头向你述说,因为我正在准备起程,上边的指令使我惴惴不安——我没有兴趣让人把我逮捕,我的腿也没有戴铁环的本领,像魏特林所戴过的那样①,他把戴铁环的痕迹给我看过。

人们猜想我对《前进报》②有更大的关怀,甚于我能以自夸的程度,坦率说来,这刊物在煽动和揭发方面显示出有最大

---

① 魏特林(1808—1872),空想社会主义理论家,1843 年在瑞士被捕,引渡到普鲁士时身戴铐镣,后又被普鲁士驱逐出境,1844 年 8 月在汉堡与海涅相遇。
② 《前进报》,在巴黎出版的一种德文报纸,本来是一般性的刊物,1844 年 5 月后倾向转为激进,马克思周围的一些革命者在上边发表文章,除了《德国,一个冬天的童话》外,海涅还在这刊物上发表他最尖锐有力的政治讽刺诗。

的才干。那是怎么回事,甚至麦雷尔①也被驱逐了!——对此见面时再多谈。但愿在巴黎没有施展阴谋。我的书已经印好了②,但是为了不要立即引起骚动,在十天到十四天以后才在这里发行。我今天用快件把其中政治诗部分的清样,特别是我的长诗,寄给你,这有三重的用意。那就是,第一是供你消遣,第二是你能够立即着手准备,在德国报纸上给这本书做些宣传,第三是你能让人把这篇新诗的第一部分在《前进报》上转载,如果你以为这样做是可取的。

我认为,直到这篇长诗第十六章的末尾,都适合于转载,只是你必须做到,有关科隆的那部分,即从第四到第七章,不要分开印,却要在同一期里。同样情形是关于老红胡子的部分,即从第十四章到第十六章,这也要印在同一期里。我请求你,给选印的这些章写一段引言。这部书的前部我回巴黎时给你带来,那是由叙事谣曲和故事诗组成的,你的夫人会喜欢它们。(友好地请求你替我向她衷心问候,我很高兴,不久就再见到她。我希望,我们今年冬天将要比去年冬天少些忧郁。)关于这篇长诗,康培现在还要出一种单行本,书报审查从中删削了几处,但我为此写了一篇序言,写得很直爽;在序言里我最坚决地向那些民族主义者进行了挑战。序言一印出来,我就补寄给你。请你写信给赫斯③(他的通讯处我不知

---

① 麦雷尔(1815—1885),德国政论家,流亡巴黎,马克思于1843年刚到巴黎时,曾住在麦雷尔寓所中。
② "我的书""这部书",都指的是在汉堡即将出版的诗集《新诗》。《德国,一个冬天的童话》也收在《新诗》里,同时又出了单行本。
③ 赫斯(1812—1875),德国政论家,《莱茵报》创始人之一,"真正的"社会主义的代表人物。

道),只要他看到这本书,就请他在莱茵区尽可能地在报纸上给以支援,如果狗熊们对此进行攻击。请你也要求荣格①写一篇协助的文章,——倘使我请求的引言在《前进报》上签署你的名字,你可以说,我把清样寄给了你。你是了解这种特殊看待的,你若是不写,我宁愿不要这个说明。——我请你找一找魏尔②,替我向他说,他的信我这几天才收到,这信曾寄到另一个亨利·海涅手里了(这里有许多人同名)。在十四天后我将亲自看见他,这中间他不要发表关于我的文字,更不要提到我的新诗。如果我的眼病稍好,我也许会在起身前还给他写信。向贝尔奈斯③友好问候。——我高兴,我就要走了。我已事前把我的妻子送回法国到她母亲那里,她母亲病在临危。——祝你好,可贵的朋友,请你原谅我这离乱的涂抹!我写的,我不能通读一下——但是我们彼此了解,本来用不着多少文字的表示!

最知心的
海·海涅

〔说明〕

　　这是海涅给马克思的信中唯一流传下来的一封。这唯一的一封信里边主要谈的是《德国,一个冬天的童话》。海涅第二次到汉堡,办理诗集《新诗》和《德国,一个冬天的童话》单行本出版事宜,他在离开汉堡回巴黎以前十八天,给马克思写了这封信。海涅写信时,这两部诗集已经排印好了,但不立即发行出版,要等到

---

① 荣格(1814—1886),德国政论家,《莱茵报》创始人之一。
② 魏尔(1811—1899),法国作家兼政论家。
③ 贝尔奈斯(1815—1879),德国新闻记者,曾担任《前进报》编辑。

他将从汉堡起程时才出书,为的是避免给作者带来麻烦,因为在这年四月普鲁士政府下过命令,海涅只要一进入普鲁士境内,就立即逮捕。海涅把这篇长诗的清样寄给马克思,请马克思把诗中的一部分在《前进报》上发表,要求马克思为此写一个引言,并且表示,如果马克思不写,他就"宁愿不要这个说明"了,从中可以看出海涅对马克思的敬意。

附录二

为法文译本草拟的序言

下边这些篇页跟《黑尔郭兰通信》形成对照,在通信里爆发出七月革命时期德国人的政治觉醒①。德国又重新入睡了,这篇幽默的诗描绘了二月革命②前莱茵河彼岸统治一切的昏睡和停滞的状态,这篇诗我命名为《德国,一个冬天的童话》,我这里把它译成法文的散文发表。由于丧失了一种既有旋律又很诙谐的诗所能起的效果,以及它可笑的韵脚、滑稽的文字戏谑,还有它大量对于地区和时事的影射,这篇冬天的童话必定失却它的魅力中最光彩的部分。可是剩下来的还足以使聪明的读者领会到作者的意图,并且我相信,这个狂妄的小册子将引导你们理解德国人的思想,比最扎实的专门论文所能做到的更为亲切。

我不想加任何注解,只想关于这篇被我称为《德国》的诗的题目做一个说明。没有人能够完全排除某些爱国的意向,

---

① 1830 年巴黎爆发七月革命前后,海涅在北海黑尔郭兰岛上写了几封通信,反映了当时德国人的革命热情。这些通信后来收入《路得维希·伯尔纳,一个备忘录》一书中,作为该书的第二篇。
② 指 1848 年法国的二月革命。

虽然我对于女神日耳曼尼亚不寄予特殊的崇敬,我却不愿意法国的读者把她跟女神汉莫尼亚同等看待①,我在这篇诗里歌咏汉莫尼亚是有些轻浮的。她是汉堡城的守护女神,我们在这儿看到一个美丽的妇女,她腰围以下非常丰满肥硕,正是这种肥硕使维纳斯·卡利庇格②具有出名的魅力。肌肉像那座著名雕像的大理石一样结实,它的色调使人想起鲁本斯的佛兰芒的画风③,这个女人的眼睛如此快乐地发光,好像她将要听到施特劳斯的华尔兹舞曲④,或是要吃到汉堡烹调得那样美味的鳝鱼汤。

七月风暴的钟声忽然把德国从睡眠中惊醒了,但是它又陷入一种沉睡,甚至鼾声一如往昔。但这再也不是平静的睡眠了,不能把它跟强健的栎树的睡眠相比;它好像被一种可怕的梦魇压住:它的梦再也不是玫瑰色的。在它耳边歌唱最美好的梦幻的仙女们都已消逝;但是这些属于过去时代的梦并没有完全消亡,那都是民间的传统和传说,这就是我们在下边的篇页所要处理的。

〔说明〕

　　海涅曾经用散文把《德国,一个冬天的童话》译成法文,这是海涅为法文译本写的序言的草稿。法文译本在一八五五年出版时,

---

① 关于日耳曼尼亚,参看第十四章;关于汉莫尼亚,参看自第二十三章至第二十六章。
② 维纳斯·卡利庇格,古希腊雕刻的一座爱神像。"卡利庇格"的意思是"有美丽的下身"。
③ 鲁本斯(1577—1640),弗兰德尔画家。他所画的人物,肌肉丰满,富有强健的生命力。
④ 约翰·施特劳斯(1804—1849),奥地利音乐家。

这个序言没有采用,仅见于宇勒·雷格拉斯写的《诗人海因里希·海涅》(1897年巴黎版)一书中,译者没有见到雷格拉斯的原书,这里是从译者所根据的版本注释中的引文译出的,看来这只是一个草稿,写的也比较简单,但也说出了作者的一些意图,有一定参考价值。

"外国文学名著丛书"书目

第 一 辑

书 名	作 者	译 者
伊索寓言	〔古希腊〕伊索	周作人
源氏物语	〔日〕紫式部	丰子恺
堂吉诃德	〔西班牙〕塞万提斯	杨 绛
泰戈尔诗选	〔印度〕泰戈尔	冰 心 石 真
坎特伯雷故事	〔英〕杰弗雷·乔叟	方 重
失乐园	〔英〕约翰·弥尔顿	朱维之
格列佛游记	〔英〕斯威夫特	张 健
傲慢与偏见	〔英〕简·奥斯丁	王科一
雪莱抒情诗选	〔英〕雪莱	查良铮
瓦尔登湖	〔美〕亨利·戴维·梭罗	徐 迟
欧·亨利短篇小说选	〔美〕欧·亨利	王永年
特利斯当与伊瑟	〔法〕贝迪耶	罗新璋
巨人传	〔法〕拉伯雷	鲍文蔚
忏悔录	〔法〕卢梭	范希衡 等
欧也妮·葛朗台 高老头	〔法〕巴尔扎克	傅 雷
雨果诗选	〔法〕雨果	程曾厚
巴黎圣母院	〔法〕雨果	陈敬容
包法利夫人	〔法〕福楼拜	李健吾
叶甫盖尼·奥涅金	〔俄〕普希金	智 量
死魂灵	〔俄〕果戈理	满 涛 许庆道

书　名	作　者	译　者
当代英雄	〔俄〕莱蒙托夫	草　婴
猎人笔记	〔俄〕屠格涅夫	丰子恺
白痴	〔俄〕陀思妥耶夫斯基	南　江
列夫·托尔斯泰中短篇小说选	〔俄〕列夫·托尔斯泰	草　婴
怎么办？	〔俄〕车尔尼雪夫斯基	蒋　路
高尔基短篇小说选	〔苏联〕高尔基	巴　金等
浮士德	〔德〕歌德	绿　原
易卜生戏剧四种	〔挪〕易卜生	潘家洵
鲵鱼之乱	〔捷〕卡·恰佩克	贝　京
金人	〔匈〕约卡伊·莫尔	柯　青

第 二 辑

荷马史诗·伊利亚特	〔古希腊〕荷马	罗念生　王焕生
荷马史诗·奥德赛	〔古希腊〕荷马	王焕生
十日谈	〔意大利〕薄伽丘	王永年
莎士比亚悲剧五种	〔英〕威廉·莎士比亚	朱生豪
多情客游记	〔英〕劳伦斯·斯特恩	石永礼
唐璜	〔英〕拜伦	查良铮
大卫·科波菲尔	〔英〕查尔斯·狄更斯	庄绎传
简·爱	〔英〕夏洛蒂·勃朗特	吴钧燮
呼啸山庄	〔英〕爱米丽·勃朗特	张　玲　张　扬
德伯家的苔丝	〔英〕托马斯·哈代	张谷若
海浪　达洛维太太	〔英〕弗吉尼亚·吴尔夫	吴钧燮　谷启楠
哈克贝利·费恩历险记	〔美〕马克·吐温	张友松
一位女士的画像	〔美〕亨利·詹姆斯	项星耀
喧哗与骚动	〔美〕威廉·福克纳	李文俊
永别了武器	〔美〕欧内斯特·海明威	于晓红

书　名	作　者	译　者
波斯人信札	〔法〕孟德斯鸠	罗大冈
伏尔泰小说选	〔法〕伏尔泰	傅　雷
红与黑	〔法〕司汤达	张冠尧
幻灭	〔法〕巴尔扎克	傅　雷
莫泊桑中短篇小说选	〔法〕莫泊桑	张英伦
文字生涯	〔法〕让-保尔·萨特	沈志明
局外人　鼠疫	〔法〕加缪	徐和瑾
契诃夫小说选	〔俄〕契诃夫	汝　龙
布宁中短篇小说选	〔俄〕布宁	陈　馥
一个人的遭遇	〔苏联〕肖洛霍夫	草　婴
少年维特的烦恼	〔德〕歌德	杨武能
德国，一个冬天的童话	〔德〕海涅	冯　至
绿衣亨利	〔瑞士〕戈特弗里德·凯勒	田德望
斯特林堡小说戏剧选	〔瑞典〕斯特林堡	李之义
城堡	〔奥地利〕卡夫卡	高年生

第 三 辑

埃斯库罗斯悲剧二种	〔古希腊〕埃斯库罗斯	罗念生
索福克勒斯悲剧二种	〔古希腊〕索福克勒斯	罗念生
欧里庇得斯悲剧二种	〔古希腊〕欧里庇得斯	罗念生
神曲	〔意大利〕但丁	田德望
西班牙流浪汉小说选	〔西班牙〕克维多　等	杨　绛　等
阿拉伯古代诗选	〔阿拉伯〕乌姆鲁勒·盖斯　等	仲跻昆
列王纪选	〔波斯〕菲尔多西	张鸿年
蕾莉与马杰农	〔波斯〕内扎米	卢　永
莎士比亚喜剧五种	〔英〕威廉·莎士比亚	方　平
鲁滨孙飘流记	〔英〕笛福	徐霞村

书 名	作 者	译 者
彭斯诗选	〔英〕彭斯	王佐良
艾凡赫	〔英〕沃尔特·司各特	项星耀
名利场	〔英〕萨克雷	杨 必
人性的枷锁	〔英〕威廉·萨默塞特·毛姆	叶 尊
儿子与情人	〔英〕D. H. 劳伦斯	陈良廷 刘文澜
杰克·伦敦小说选	〔美〕杰克·伦敦	万 紫 等
了不起的盖茨比	〔美〕菲茨杰拉德	姚乃强
木工小史	〔法〕乔治·桑	齐 香
恶之花 巴黎的忧郁	〔法〕波德莱尔	钱春绮
萌芽	〔法〕左拉	黎 柯
前夜 父与子	〔俄〕屠格涅夫	丽 尼 巴 金
卡拉马佐夫兄弟	〔俄〕陀思妥耶夫斯基	耿济之
安娜·卡列宁娜	〔俄〕列夫·托尔斯泰	周 扬 谢素台
茨维塔耶娃诗选	〔俄〕茨维塔耶娃	刘文飞
德国诗选	〔德〕歌德 等	钱春绮
安徒生童话选	〔丹麦〕安徒生	叶君健
外祖母	〔捷〕鲍·聂姆佐娃	吴 琦
好兵帅克历险记	〔捷〕雅·哈谢克	星 灿
我是猫	〔日〕夏目漱石	阎小妹
罗生门	〔日〕芥川龙之介	文洁若

第 四 辑

一千零一夜		纳 训
培根随笔集	〔英〕培根	曹明伦
拜伦诗选	〔英〕拜伦	查良铮
黑暗的心 吉姆爷	〔英〕约瑟夫·康拉德	黄雨石 熊 蕾
福尔赛世家	〔英〕高尔斯华绥	周煦良

书　名	作　者	译者
月亮与六便士	〔英〕威廉·萨默塞特·毛姆	谷启楠
萧伯纳戏剧三种	〔爱尔兰〕萧伯纳	潘家洵　等
红字　七个尖角顶的宅第	〔美〕纳撒尼尔·霍桑	胡允桓
汤姆叔叔的小屋	〔美〕斯陀夫人	王家湘
白鲸	〔美〕赫尔曼·梅尔维尔	成　时
马克·吐温中短篇小说选	〔美〕马克·吐温	叶冬心
老人与海	〔美〕欧内斯特·海明威	陈良廷　等
愤怒的葡萄	〔美〕斯坦贝克	胡仲持
蒙田随笔集	〔法〕蒙田	梁宗岱　黄建华
悲惨世界	〔法〕雨果	李　丹　方　于
九三年	〔法〕雨果	郑永慧
梅里美中短篇小说选	〔法〕梅里美	张冠尧
情感教育	〔法〕福楼拜	王文融
茶花女	〔法〕小仲马	王振孙
都德小说选	〔法〕都德	刘　方　陆秉慧
一生	〔法〕莫泊桑	盛澄华
普希金诗选	〔俄〕普希金	高　莽　等
莱蒙托夫诗选	〔俄〕莱蒙托夫	余　振　顾蕴璞
罗亭　贵族之家	〔俄〕屠格涅夫	陆　蠡　丽　尼
日瓦戈医生	〔苏联〕帕斯捷尔纳克	张秉衡
大师和玛格丽特	〔苏联〕布尔加科夫	钱　诚
茨威格中短篇小说选	〔奥地利〕斯·茨威格	张玉书　等
玩偶	〔波兰〕普鲁斯	张振辉
万叶集精选	〔日〕大伴家持	钱稻孙
人间失格	〔日〕太宰治	魏大海

第 五 辑

书　名	作　者	译　者
泪与笑　先知	〔黎巴嫩〕纪伯伦	冰　心　等
华兹华斯诗选 柯尔律治	〔英〕华兹华斯　柯尔律治	杨德豫
济慈诗选	〔英〕约翰·济慈	屠　岸
汤姆·索亚历险记	〔美〕马克·吐温	张友松
大街	〔美〕辛克莱·路易斯	潘庆舲
田园三部曲	〔法〕乔治·桑	罗　旭　等
金钱	〔法〕左拉	金满成
果戈理小说戏剧选	〔俄〕果戈理	满　涛
奥勃洛莫夫	〔俄〕冈察洛夫	陈　馥
谁在俄罗斯能过好日子	〔俄〕涅克拉索夫	飞　白
亚·奥斯特洛夫斯基戏剧六种	〔俄〕亚·奥斯特洛夫斯基	姜椿芳　等
复活	〔俄〕列夫·托尔斯泰	草　婴
静静的顿河	〔苏联〕肖洛霍夫	金　人
谢甫琴科诗选	〔乌克兰〕谢甫琴科	戈宝权　任溶溶
维廉·麦斯特的学习时代	〔德〕歌德	冯　至　姚可崑
叔本华随笔集	〔德〕叔本华	绿　原
艾菲·布里斯特	〔德〕台奥多尔·冯塔纳	韩世钟
豪普特曼戏剧三种	〔德〕豪普特曼	章鹏高　等
铁皮鼓	〔德〕君特·格拉斯	胡其鼎
加西亚·洛尔卡诗选	〔西班牙〕加西亚·洛尔卡	赵振江
你往何处去	〔波兰〕亨利克·显克维奇	张振辉
显克维奇中短篇小说选	〔波兰〕亨利克·显克维奇	林洪亮
裴多菲诗选	〔匈〕裴多菲	孙　用
轭下	〔保〕伐佐夫	施蛰存

书　名	作　者	译　者
卡勒瓦拉(上下)	〔芬兰〕埃利亚斯·隆洛德	孙　用
破戒	〔日〕岛崎藤村	陈德文
戈拉	〔印度〕泰戈尔	刘寿康